公爵夫人に
相応しくないと
離縁された
私の話。

クレヴァーナ
公爵家の次女だったが、嫁ぎ先では離縁され、家からは勘当され、隣国へと飛び立った。隣国では知識を活かし、図書館で働くことになる。
カウディオ・スラファー
王弟。国王を支え、公務や外交などを行っており、勉強熱心。図書館を訪れた際にクレヴァーナと出会い、本をお勧めし合う仲になる。
主な登場人物

ゼッピア
図書館で働くクレヴァーナの同僚でありつつ、友人としてもクレヴァーナと仲良くしている。明るく前向きな性格。
ルソア
クレヴァーナが図書館で働く際の面接官を務めていた女性。クレヴァーナにも優しく、頼れる良き先輩。
ラウレータ・ウェグセンダ
クレヴァーナと、元夫との間に生まれた子ども。クレヴァーナのことが大好きだが、離縁後は、元夫の公爵家で暮らしている。

Contents

プロローグ……3

第1章　離縁されたあとの、新しい生活……6

幕間　変わった新人〜ルソアside〜……42

第2章　新しい生活と、王弟殿下との出会い……47

幕間　元奥様のこと〜とある使用人side〜……71

第3章　私と王弟殿下……76

幕間　知識の街で見かけた者は〜とある貴族令嬢side〜… 147

第4章　私と決意と、生きる道…… 152

エピローグ…… 239

番外編　デグミアン・ウェグセンダはかく思う。…… 245

番外編　『花びら』たちによる報告会…… 291

公爵夫人に相応しくないと離縁された私の話。

池中織奈

イラスト
RAHWIA

プロローグ

「今すぐ、出ていけ!!」

「……はい。お世話になりました。お父様」

私の名前はクレヴァーナ・シンフォイガ。

ロージュン国のシンフォイガ公爵家の次女である。……いや、あったと答えるべきだろう。

私はたった今、家から勘当《かんどう》されてしまったから。

手荷物は、最低限のものだけを詰め込んだ小さな鞄《かばん》のみだ。お金も数えられるだけしかない。

使用人たちの目は、私を蔑《さげす》むものばかり。……そもそも私は元々家族から出来損《できそこ》ないだと疎《うと》まれていた。政略結婚の道具として育てられていた私は、結婚も失敗してしまった。

私はついこの前、離婚されたばかりである。

同意による離婚ではない。……私ははめられて、公爵夫人に相応《ふさわ》しくないと言われてしまったのだ。

悲しいことに嫁《とつ》ぎ先でも、実家でも、私の話を聞く人なんて誰もいなかった。

私の嫁ぎ先は、同じく公爵家。とはいえ、実家の公爵家よりは格が高く、王家からの覚えも目出度《めでた》い家だった。

本当は嫁いだ先で、上手《うま》く夫婦関係を結ぶことができればと期待した。——でもそんなものは儚《はかな》い夢でしかなかった。

……嫁ぎ先で、6年過ごした。

その間、私は上手くできなかった。努力はしたつもりだったけれど、国内でも有数の魔術師である夫の関心を引くことは叶《かな》わなかった。それに夫の周りにいた者たちも、私のことを夫の妻として相応しくないと……そう言っていたことを知っている。

あくまで政略的に結ばれた結婚。

私も……仲良くはしたいと思っていても、そこに愛などなかった。

夫は私自身を見ることはなかった。流れている私の噂と、周りが決めつけた私だけを見ていた。

……だから、何を言っても私の言葉は届かない。そもそも私が何を言ったとしても、夫は気にしなかっただろう。

私は妻ではあったけれど、空気のような存在でもあった。

ただ一つ心残りなのは、嫁ぎ先に置いて行かなければならなかった娘のことだ。

……そう、愛はなかったが、義務的な関係はあったので私と夫の間には子供がいる。ラウレータという名の、夫に似た黒髪と、私に似た薄黄緑色の瞳を持つ娘。

離縁されるのならば本当は……娘も一緒に連れて行きたかった。でも栄《は》えあるウェグセンダ公爵家の血を引く娘を私のようなものには渡せないと言われた。

……抵抗はしたけれど、駄目だった。

この離縁は……私に非があって行われたものだと周知されているからというのもあった。

本当にどうしようもないことに、全くと言っていいほど味方がいなかった。私が実際にその行動をしていないと知っている者が例えいたとしても、私は味方をされるだけの価値がなかった。

本当にそれだけの話だったのだと思う。

そして出戻りしても、やっぱり私は実家の家族たちにとっては価値がなかったので、こうして家から追い出された。

……離縁の際に選別としてもらったお金も家族に取られた。何かあった時のためにと念のため持っていたお金も、正直そんなにない。これも所持していることを知られれば家族に取られるだろう。

お金もなければ頼れる場所もない。

――それが私、クレヴァーナ。24歳。

第1章　離縁されたあとの、新しい生活

鞄を持つ力を強めてしまう。限られたお金が鞄の中にはある。手持ちのお金はそこまで多くなく、私が移動出来る範囲は限られていた。

その状況で私がどういう決断をしたかと言えば、隣国へと旅立つことにした。

私の実家であるシンフォイガ公爵家は、ロージュン国の西の国境沿いに位置する領地を所有している。隣国であるスラファー国との国境をシンフォイガ公爵家が任されていたのは、牽制《けんせい》のためであった。

今でこそ、隣国との関係は良好なものであるが、私が産まれるより以前は違った。それこそ戦争を行っていた時期もあるぐらいだ。

私の産まれたシンフォイガ公爵家は、魔術師の家系である。生まれながらに魔力保有量が多く、魔術師として大成する者が多い。ロージュン国で歴史に名を残している魔術師の名として、シンフォイガの名は幾度か刻まれている。

今代のシンフォイガ家も例にもれずである。

……ただし、私以外はという注釈はつくが。

魔力量はそれなりに多くても、魔術を使えない。それが私だった。

世の中にはそういう人が少なからずいる。だから、それは疎まれる理由には本来ならならない。でも……シンフォイガ公爵家においては違った。

お父様も、お母様も、それにお姉様も、弟も、妹も――。

全員が魔術師だった。当たり前のように魔術を扱うことのできる家族。そして使えない私。

私は彼らにとって、出来損ないの、目にも入れたくない汚点だった。

血筋だけはいい。

私はずっと、そう言われてきた。

夫との結婚も私は魔力だけはあるから、ウェグセンダ公爵家とシンフォイガ公爵家の優秀な血筋を継いだ子供が生まれることを期待されてのことだった。

幸いにも……私の娘は4歳にして魔術が使える天才だった。……いっそのこと、ラウレータが魔術を使えなければ一緒にいられたかもしれないなんて思うけれど、でも魔術が使えたことはラウレータにとってよかった。だって魔術が使えなかったら、ラウレータだって私と同じような扱いを受けていたかもしれないから。

……娘と一緒にいられないことは悲しいけれど、私と違ってラウレータはあの家で大切にされるだろうから。

私のことはきっと……そのうち忘れてしまうだろう。

なんて考えていると、悲しくて――少し泣きそうになる。

「お嬢さん、どうしたんだい？」

乗合馬車に乗っていた私は、目の前に座る老夫婦に声をかけられる。泣き出しそうになっていたことを悟られてしまったのだろう。

「少し悲しいことを思い出してしまって……」

私がそう口にすると、老夫婦から痛ましそうな目を向けられる。

そして私がその話題に触れてほしくないと思っていることを悟ってくれたからだろう、別の話題を提供してくれる。

「そういえば聞いたかい？　ウェグセンダ公爵様がようやくあの悪妻と別れられたんだとか」

しかしその話題は私に関するものだった。

私に関する噂は、様々な場所で囁《ささや》かれている。そしてその噂は悪いものばかりである。

「英雄公爵様の奥方はやっぱり相応しい者でないとねぇ」

私の夫だった人は、この国にとっての英雄とも呼べる人だった。結婚前、夫は大きな手柄を立てた。それは強大な力を持つ魔物の討伐だった。彼がそれを成し遂げなければ、国は危機に瀕《ひん》していただろう。

……そんな夫に、私のように悪い噂のある女が嫁ぐことになったのは、当然理由がある。私が望んだわけではないが、その方が都合が良いと判断され、私が無理やり嫁いだと世の中では噂されている。

英雄と呼ばれている彼は、強大な力を持つが故に恐れられている人だった。

元々は妹が嫁ぐのはどうかという話だった。しかし妹が嫌がり、私が嫁ぐことになった。そのことで散々周りには騒がれた。私はそんな英雄に釣り合わない悪妻だと言われていた。そもそも嫁ぐ前から、いろんな事情で私の悪い噂はそれはもう出回っていた。

「……はい。知っております」

「やはり本性を隠して大人しくしていただけだったのですなぁ。浮気をして離縁されるなんて……」

「公爵様もあのような女性を6年も妻にしていて、本当に苦労なされたはずです。これから幸せになってほしいものですね」

……老夫婦の言葉になんとも言えない気持ちになる。

そう、私は浮気をして離縁されたことにはなっている。ただし心当たりはない。

夫の周りにいた夫の信奉者たちは、私のことがさぞ気に食わなかったのだろう。私のことを決めつけて好き勝手言っていた彼らは、私を離縁させたかったのだ。

いくら大人しくしていても本性は変わらないと決めつけて、私自身ではなく噂の〝私〟だけを見て。

……それではめられて私は浮気をしたことになった。

彼らからしてみれば私は大人しくしているだけであり、いずれ痺《しび》れを切らしてそういうことをするはずだからでっち上げても問題がないと思っていたようだ。実際にそんな会話を交わしているのを聞いた。

……そして夫にとっては、私の言葉よりも部下たちの言葉の方が信じられるものだったのだ。

結婚していたとはいえ、私は夫と深く会話を交わしてはいなかった。

そもそも悪い噂の出回っている私と、彼は関わる気がなかったのである。だから最低限の接触しかなかった。

あの家の中で、娘だけは可愛かった。

私にとって唯一、嫁ぎ先で味方だった。

私を慕《した》ってくれた可愛い娘。

私はこれからの自分のためにも、国を出る。平民たちにまで私の噂は出回っていて、この国では生きにくい。それに……ずっと目標にしていたことがある。

こんな状況だからこそ、それを叶えるために隣国に行こうと思っている。

娘とはもう二度と会えないかもしれない。それだけがただ悲しい。どうか、元気で、すこやかに育ってくれますように——。

私はそれを願いながら、隣国へと旅立った。

◆◇◆◇◆

「わぁ……」

私は思わず感嘆の声をあげる。

私は目的地へと到着した。私はずっと隣国スラファー国で、知識の街と呼ばれているこの街——エピスにずっと来たかった。

ここに来るまでに苦労はあった。予想はしていたけれど、持っていたお金が尽きたのだ。足りない分はなんとか旅費を稼いだ。

私は実家では疎まれていたとはいえ、公爵令嬢という立場だったので働くことは初めてだった。ただ、実家では自分で料理をしたり掃除をしたりもしていたし、あとは独学で勉強をしていたことも役に立った。

自分で働いて宿代を稼いだりすることは大変だった。

……正直、騙《だま》されそうになったりもした。でも近くにいた女性が助けてくれて事なきを得て、ついでにその人が私にいろんなことを教えてくれた。

「クレヴァーナさんは、なんだか浮世離れした雰囲気があるね」

そんな風に言われて、心配された。

私はなんだかんだ世間知らずだと、実感した。

これまでずっと、私は与えられたものを受け入れていただけだった。その場所から飛び出すこともせずに、ただその場で過ごしていた。実家でも、嫁ぎ先でも……私は外に出ることも全然なかった。シンフォイガ公爵家の汚点である私を外に出すことを家族は嫌がっていた。

だから私が知っていることは、親切な人が教えてくれたことと知識として知っていることしかない。

幸いにも知識でなんとか補える部分も多かった。でもやっぱり現地で生きている人に聞いた方が分かることもあった。

実家では食事を作ってもらえなかったり、掃除をしてもらえなかったりはあったけれど、常にではなかった。なんだかんだ私は世話をされていた。嫁ぎ先では生活に不便はなかった。

だからこうやってなんでも自分でやることは、私にとっては不思議議が溢《あふ》れている。

何気ないことが私にとっては新鮮で、楽しかった。それに……不便でも、ただの〝クレヴァーナ〟としてここにいる私の話を周りが聞いてくれるから。

クレヴァーナ・シンフォイガとしての私の話なんて、ほとんどが聞こうとしてくれなかったのだ。

……だから、嬉《うれ》しい。

エピスに来るまで、周りに恵まれたおかげでなんとかここに辿り着くことができた。

私はどうやら危なっかしく見えるらしい。世間知らずで恐る恐る行動をしている部分がそう思われたのかもしれない。

正直危なっかしいなんて初めて言われた。

私は目つきが鋭くて、常に怒っているように思われがちだ。

知り合った女性には「猫みたい」などと言われた。

エピスの街で宿を取った。大通りの宿をわざわざ取ったのは、こういう大きな街でも裏通りが危険だと本に書いてあったから。女性の一人旅だと、悪人に狙われてしまう可能性があるのだ。

宿代は少し値が張ったけれど、それでも自分の安全のために泊まった。

このままこの街に住みたいと思っているので、仕事を見つけて家を探さないといけない。

スラファー国は10年続けて住めば、国籍を移行する手続きもできると聞いているので、それを目指そうと思う。まぁ、結婚などをする場合は10年など関係なしに国籍が移るようだけど。

宿の部屋に入って、ふぅと一息を吐いてさらしをはずす。

一人で旅をするにあたって、私は自分の胸を潰している。……というのも、私の胸は一般的に見て大きい方なのだ。それこそ周りから視線を浴びてしまうぐらいには。

妹には「下品な胸を持つあなたなんて市井《しせい》に一人で出れば襲われるわね」なんて言われた。読んだ本の中にも、そういう目的のために女性が襲われることはあると書いてあったので、目立たないためにもそうしておいた方がいいと判断した。

私の悪い噂の原因の一つは、こういう体つきと顔立ちにもあったと思う。直接的な原因は家族だけれど……。

私は、男遊びが激しいと噂されていた。そんなことは全くなかったし、そもそも外に出ることもなかなかなかったのにもかかわらずである。

お姉様と妹の方が異性とそういう関係があったと思う。とはいえ、そういうのは貴族令嬢として望ましくないので、薬や魔法で男を知らない状況に体を戻していたようだ。ちなみにその薬や魔法を愛用しているのが私だと噂されていた。

そういう噂が出回っていたとしても、私は前の夫しか知らない身だ。それに、こうして自由に生きられるようになったからとはいえ、そういう関係をいろんな人と結ぼうとは思わない。

そう考えると、隙がないようにしておいた方がいいと思う。

私は結婚はしていたけれど恋愛は知らない。本で読んだり、恋愛をしている人たちを見たことがあったぐらいだ。

でも書籍を見た限り、隙があるとつけこまれてしまうものらしい。そういうつもりがないのに相手が寄ってくるという状況は避けたい。

「……眠たい」

先のことを考えていたら、うとうととしてきた。

ついさっき、この街に私は着いたばかりだ。これまでこれだけの長期間の馬車での移動をしてきたわけではない。体が痛い。だけれども目的地に辿《たど》り着いたことには気分が高揚している。

――明日、図書館に行こう。

そう考えながら、私は眠りについた。


ゆっくり1日休んだあとに、私は街を歩く。

昨夜は夕飯も食べずに寝てしまったので、朝、宿の従業員に心配されてしまった。正直、食事を一食抜くぐらいは子供の頃から慣れているので、それでこんなに心配されるのかと驚いた。

嫁ぎ先ではちゃんと三食食べたけれど、実家だとそうもいかなかったから。

私にとっての当たり前と、周りにとっての当たり前は乖離《かいり》がある。その当たり前は私が知っているものとは全く異なる。

こうして人が沢山《たくさん》いる場所を歩くのも楽しい。

私は離縁されるまで、こうやって自由に歩き回ることも許されていなかった。

だから飛び出してから、全てが新鮮だ。

知識として食べ物や小物や洋服などのお店が街には立ち並んでいることを知っていた。でも実際にそれを目にしたのは――離縁されたあとだった。

道中、いくつかの街に寄ったけれど……エピスの街は想像よりも人が多くて、それにも興奮した気持ちになる。だってこんなに多くの人たちを見ることなんて、これまでなかったから。

宿で目的の図書館への行き方をちゃんと聞いておいてよかった。きちんと聞かずに進めば迷っていた可能性もある。それに地図を見せてもらえたのもよかった。そのおかげで街の地図を頭の中で覚えることができたから。

そして辿り着いた図書館は――私がずっと訪れたかった場所だ。

知識の街と呼ばれるこの場所で、最も大きな図書館。そこには大陸中の本が収められていると言われている。外から見た建物もそれはもう大きいけれども、中は魔術によって広げられており見た目以上に大きい。

様々な国から知識を求めて訪れる人の多い場所。そこがここだった。

――私は本を読むことが好きだった。

それは私に知識を授《さず》け、外の世界を教えてくれる手段だったから。

貴族の子女は学園に通うことも多い。お姉様や弟、それに妹も貴族の通う学園に通っていた。

だけど私は通わせてもらえなかった。

魔術が使えなかった私を、実家は外には出したがらなかった。学園の規則では、魔術を使えるかどうかは関係がない。お姉様が興味なさそうに投げ捨てていた入学規則や学園から配られた資料を読んだ限り、学園に通う生徒の中には魔術を使えない人だっていたようだ。

なんらかの諸事情があり、学園に通わない貴族の子供というのはいる。そういう場合は家庭教師がつけられることが主らしいけれど、私はまともな家庭教師もついたことがない。

私に様々なことを教えてくれたのは、人ではなく本だった。シンフォイガ公爵家の図書室には沢山の本があって、それを読んでいた。

本当は学園に通ってみたかった。同年代の人と交流を持つことも、大きな図書室で本を読むことも…したかった。でもそれは許されなかったから、私は嫁ぐまでずっと領地にいた。

ほとんどの時間、本を読んで過ごしていた。

そこでこの街の図書館について私は知った。

初めて知った時から行ってみたいと思っていたのだ。でも私は行くことができないだろうな……と諦《あきら》めていた。だけど……、こうしてシンフォイガの名から解放された今だからこそ、行ってみようと思った。

図書館にいざ、足を踏み入れるとドキドキした。

ずっと来たかった場所だったから。

「初めてのご利用ですか？」

「は、はい！」

声をかけられて、思わず緊張しながら声をあげてしまう。

私の様子を見て、その女性はくすくすと笑った。この図書館から本を持ち出すことは許可されてない。この図書館内は魔術がいくつもかけられている。本を無断で持ち出せばすぐに分かるようになっているらしい。

私は魔術が使えないから詳しくは分からないけれど、魔術ってすごいなとは思う。

本に載っている魔術の詠唱や仕組みは知っているけれど、私は本当にただ知っているだけでしかない。

目の前に沢山の本がある。

それも様々な言語で書かれたものだ。

私が読んだことのない本がこれだけ目の前にあって、尽きることもない。

それがなんて素敵なことだろうかと、興奮する。だって、ここには実家では手に入らなかった本も沢山置いてあるのだ。

私の知らない知識も沢山手に入るはず……！

家や仕事探しをこれからしなければいけないのだけど、折角《せっかく》こうして夢だった場所に来たのだから今日1日ぐらいはゆっくりしていてもいいのではないかと、そんな気持ちになっている。

だから、今日は本を1日中読む日にした。

読みたい本を持ってきて、図書館内に置いてある椅子に腰かける。机の上には、目についた本が複数冊置いてある。

私はそのまま読書に没頭した。

嫁ぎ先ではこうやって本を読むこともあまりできなかった。私が難しい本を読んでいると、「どうせ理解していないのに」などと言われた。学園にも通っていなかった私はそういう教養がないと思われていた。

第一、何か企んでいるんだろうと言われることも多かった。私は何かをやらせてもらえることもなかった。娘が生まれてからは良い意味で忙しかった。

だからこうやってただ本を好きなように読めることが楽しい。

見たことのない知識をこうやって、読み進めることができる。

それはなんて楽しいことなのだろうか。

私はそれからずっと閉館時間まで本を読むのだった。

帰り際に1枚のポスターを見つけた。

そこに書かれているのは、職員募集の文字だった。

私はその文字を見て、難しいかもしれないけれど挑戦してみようとそんな気持ちになった。


私は早速《さっそく》、翌日になってから図書館の職員募集に応募してみることにした。

この街にやってくるまでの間、お金を稼ぐために簡単な仕事は行った。でも私はそれだけしか働いた経験がなかった。だからこういうところでちゃんと働こうとしても、採用されるか分からない。

……応募条件はそこまで厳しくないことに驚いた。

様々な所から知識を求めて訪れる特異な場所だからこそ経歴問わずに合う人材を求めているという、そういう形のようだった。

その形でよかったなと思った。だって学歴や経歴などを求められてしまえば、私はどこでも働けない。私は語れることが少ないから。

学園に通った経験もなければ、公爵令嬢と公爵夫人という立場しか経験していない。それに公爵夫人を6年間もやっていたとはいえ、社交界に出ることはなかった。それは私に悪評がつきまとっているから。私のような存在を外に出したくないと思っているのは実家も嫁ぎ先も共通の認識だった。

まだ社交界に出られていたのならば……私の世界も大きく変わっていたかもしれない。

職員募集に応募をすると、すぐに試験や面接に進むことになった。私がこの街に家を持っておらず宿暮らしでも、応募できてよかったと思う。

応募してから知ったのだけど、ここは倍率の高い職場だった。

この図書館は他国にまで名が広まっており、この場所で働くことはそれだけ名誉なことのようだった。私はただ本が好きだから、目指していた場所だからという理由でこの職員募集に応募してみたけれど……これだけ沢山の人が応募しているのならば私は働くことはできないのかもしれない。

それでもこうやって応募してみることは、良い経験にはきっとなるはず……とそう思っておくことにする。

それにしても応募者が多いのにずっと募集しているのは、それだけ求める人材ではなかったということなのだろうか？

私と同じように応募している人たち複数名と一緒に筆記試験を受けた。

その応募者たちには少し馬鹿にするように見られてしまった。それは私が彼らに比べるとみすぼらしい服装をしていたからかもしれない。

公爵家にいた頃は、人前に出ている間はずっと与えられた服を身に纏《まと》っていた。特に趣味でもない高価なドレス。誰も私の好みなんて聞いてこなかった。

そして家を勘当されてからは手ごろな値段で、動きやすい服装にしている。なるべく肌は見えないように、地味な装いを心がけている。見るからに平民の服装だから、彼らにとってみればこんなところに応募しにくるべきではないと思われているのかも。

一緒に筆記試験を受ける人たちは、誰もが貴族のようだったから。

……貴族たちにとってもここで働くことが名誉になるのだろう。あとはこういう名誉職だと嫁ぐまでの腰掛けにする場合もあるらしい。私はそういう情報を本からしか知らないけれど。

だって同年代の貴族たちは、最低限に参加したパーティーで見かけた程度だったから。

こうして隣国へとやってきたのならば初めてのお友達というのもできるだろうか？　私の噂を知らない誰かと親しくなれるのならば、それも楽しみだと思う。

そんな先の未来のことを考えて、私は楽しみな気持ちでいっぱいだった。

もしこのまま筆記試験で落ちてしまっても、その時はその時と思って……、ひとまず挑もう。

そう思って私は筆記試験に取りかかった。

思ったよりも分かる問題ばかりだった。沢山の言語の問題が並んでいて、それを見るだけでも私は楽しかった。

私はこういう試験というものを受けたことがない。

兄妹たちは学園でそういう試験を受けたことがあったと聞いたことがある。それは前の夫に関してもそうだ。学園での試験、私は受けてみたかったと素直に思う。

気まぐれに妹から任された課題を解いた時は楽しかった。

筆記試験の時間は長めに取られていたので量が多いのかなと想像はしていた。けれど思った以上に多くてびっくりした。

だけれども解けるだけ解くことにする。

魔術に関する問題もあった。知識として知っているだけの解答で上手くできるのだろうかというのは不安に思った。だけど、やれるだけのことはやったつもりである。

筆記試験が終わったあとは一度、帰されることになった。

他の応募者たちは疲れた表情を見せていた。

そんな彼らには「これだから平民は。受かりもしないから平然としていていいわね」「どうせ記念応募でしょう」と言ったことを言われた。

言われた意味は全く分からなかった。

不思議に思って聞き返せば、平民の中でもこの図書館を受ける人は基本的に記念で受けている人が多いらしい。この図書館に応募して、試験を受けたというだけでも箔《はく》がつくのだとか。

私はそういうつもりはなかった。本気で働けるのならばここで働きたいと思っていたから。

それに試験の内容が私には理解できないはずだと、思い込んでいるようだった。

「分からない問題もありましたが、ほとんどは埋めました」

そう口にすると、「嘘を吐《つ》かないように」などと言われた。どうしてか私がほとんどの解答を埋めたことは信じてもらえないようだった。

よく分からないが、私はひとまず宿に戻ることにした。

顔なじみになった宿の従業員には、「難しかっただろう？　落ちても落ち込まないように。落ちる方が普通だから」などと言われた。

ここでも、私が筆記試験をできなかったはずで、落ちるのが当たり前だと思われているらしかった。

私自身は自分が受かるとは信じてはいない。でも埋められる箇所はほとんど埋めたのは確かで、言語の問題は特に自信があった。だからそれなりに良い点数は取れるのではないか……と少しは期待していた。

筆記試験の結果が出たのは、その数日後だった。

嬉しいことに私は受かっていた。

「クレヴァーナさんはすごいですね。あそこの筆記試験を受かるだなんて」

そんな風に言われて、嬉しくなった。

私は誰かに自分の知識を褒《ほ》められることなど今までなかった。本が友達で、誰かに自分の勉強の成果を見せることもなく、家族は無能な私の言葉なんて聞こうともしていなかった。なんだかこうして褒めてもらえると、いつも一人で本を読んで勉強をしていた結果が出ているのかなと心が温かくなった。

その後、面接のために図書館を訪れることになった。

「面接を受けにきたクレヴァーナです」

私が図書館の受付の女性にそう告げると、なぜか驚かれた。

「そう、あなたが……」

そんな風に言われてどうしたのだろうと不思議に思う。私は何かしてしまったのだろうか。

「何かありましたか？」

「いえ、なんでもないです。それで面接は――」

そう言って面接の行われる場所を笑顔で教えてくれた。その女性が私の後ろ姿を見ながら「あんな若い女性が好成績であの試験を収めるなんて……」と呟《つぶや》いていたのを私は知らなかった。

面接の行われる場所は、魔術によって拡張された会議室のような場所だった。

私の面接をしてくれる人は、私よりも10歳ほど上であろう男女の2人だった。2人とも興味深そうに私のことを見ていて、少しだけ緊張する。

学園にも通ったことがなく、ほとんど人と関わらずに生きてきた。こんな本格的な面接をするのは初めてだった。

だけど緊張していても仕方がない。筆記試験を通っただけでもよかったのだと自分の心を落ち着かせる。

緊張をほぐすために娘のことを思い出す。

私の可愛い娘は幼い頃から聡明で、天使のようだった。初めて「お母様」と笑いかけてもらった日のことは今でも鮮明に覚えている。

思えばラウレータが私のことを心から慕っていたから、関わらせてもらえたのだと思う。

悪評だらけの私は、そもそも子供の教育には悪いと、そんな風に言われていたのだ。とはいえ、元夫とその家が冷酷なわけではなかったのだとは思う。私と娘を本当に関わらせたくないなら、方法があったはずだ。でもそうではなく、関わらせてもらえた。そのことには感謝している。

――お母様、大好き。

ラウレータはいつもそう言って笑っていた。私が抱きしめ返すと、嬉しそうに笑った。

私はその笑顔が大好きだった。

娘の可愛い姿を思い起こすと、気分が和《やわ》らいだ。

「クレヴァーナと申します。よろしくお願いします」

私はそう言って礼をして、椅子へと腰かける。

これからどのようなことを聞かれるのだろうかと、少し落ち着かない。

「クレヴァーナさん、ようこそ。私は面接官のルソア。そしてこちらがコルド。あなたにいくつか質問をさせてもらうわ。答えられる範囲でいいから答えてくれるかしら？」

「はい」

私が頷《うなず》くと早速質問が飛んでくる。

「あなたは隣国からやってきたのよね？　特別な教育を受けたことはなかったと書いてあるけれども……学園にも通ったことがないということかしら？」

「はい。私は学園に一度も通ったことはありません」

私がそう答えると、なぜかルソアさんとコルドさんは驚いた顔をする。

「本当か？　あれだけ好成績を収めておいて？　良い家庭教師でもついていたのか？」

そんなことをコルドさんに言われて、私の方が驚く。

「家庭教師なんて一度もついたことはありません」

「……なら、どうやってこれだけの勉強を？」

「本を読みました。それで一人で勉強しました」

どのように勉強を進めてきたかと言えば、それだけしか答えられない。寧《むし》ろそれ以外のことなど私には許されていなかった。

もし学園に通うことができていれば、また違う学びがあっただろうか。

「本を読んできただけ？　それであれだけの言語が分かるようになったの？　試しにちょっと話してくれる？」

「大丈夫です」

私がそう言うと、とある民族で使われている言語で自己紹介をするように言われる。

『私の名前はクレヴァーナといいます。つい先月、24歳になりました。私の趣味は読書で、本を読むことはとても楽しいです』

『本を読むことが好きなのね？　好きな本は？』

それにしてもルソアさんも流暢《りゅうちょう》に言葉を発していてすごいなと思う。私はあくまで知識として知っているだけで、発音は上手くできていないと思う。実際に使ったことはないから。

だけど単語や文法は知っている。

『私がお気に入り本は、『大陸の挨拶《あいさつ》辞典』や『姫様の憂鬱《ゆううつ》』とかですね』

『クレヴァーナさんはいろんな本を読むのね？　小説などもよく読んでいるの？』

『はい。読んだことがない本があれば気になって読んでしまいます。辞典系の本は知らない知識を多く身につけることができて、読んでいるだけで楽しい気持ちになります。特に挨拶というのは言語にとっての要《かなめ》だと思っています。挨拶を一つ知っているだけでもその言葉が話されている地域に行った際に人と交流を持つきっかけになるのではないかと想像していました。小説に関しては、自分自身が経験したことがない出来事を文字で読むことで想像ができて、それだけでも私にとって現地に赴《おもむ》いたようなそんな気分になります』

私はずっと、限られた世界で生きていた。だから小説を読むと自分の知らない世界へと旅立っているような気分になる。だから勉強じゃなかったとしても楽しいと思った。こうして故郷の外へと飛び出したのも初めてだから、今もすごくドキドキしている。

『そうなのね。クレヴァーナさんは独学でこれだけ喋《しゃべ》れるのはすごいわね。では他の言語をやってみましょう』

そう言って、ルソアさんは別の言語で喋り出した。ルソアさんはこうやって他の言葉を喋れるのだなと感心した。

そしてそれから私はルソアさんと一緒に様々な言語でお喋りをした。

こうやって誰かと深く話をすることがそもそもあまりなかったから、それだけでも嬉しかった。その過程で離縁したことと、子供がいることを語ることになり「あなたも苦労しているのね……」とそんな風に言われた。

「俺はお前たちの話している言語が一部しか分からなかったが……まだ若いのにすごいな。そういう仕事をしていたわけではないのだろう？」

「はい。実際に喋ったのは初めてです。こうやって勉強したことを披露《ひろう》する機会がなかったので、面接という場で喋れて楽しかったです」

故郷では私の話を聞いてくれる人はいなかった。私に同情している人たちも、結局私と話していると周りから何を言われるか分からないので喋ってくれる人はほとんどいなかった。

——だから、こうやって披露できることが嬉しい。

「それはよかったわ。じゃあ、次の質問だけれど、どうしてここで働きたいと思ったのかしら？」

「昔読んだ本で、この図書館について知りました。私はずっとここに来たいと思っていました。中々それが叶わなくて、ようやく来られた際に職員募集を見かけたので、運命のように思えました。私はまともに働いたことはまだないです。だから上手くできるかどうかは分かりません。

でもここで働きたいと思っている気持ちは本心です」

私がはっきりとそう言ったら、ルソアさんとコルドさんは笑ってくれた。

それからしばらく話して、私の面接は終わった。

◆◇◆◇◆

「今日からこの図書館で働くことになったクレヴァーナさんよ、皆、良くしてあげてね」

嬉しいことに私は無事に図書館の職員として採用された。この街に辿り着いてからよく図書館に足を踏み入れていたのもあって、顔見知りの職員が多かった。なぜだか私のことを笑顔で見ている人が多くて、驚く。

私は今までの人生で、こんな風に周りから温かい目で受け入れられることはなかった。私の世界ではいつだって周りの人たちの目は冷たかった。

娘に向けられているような目とは異なる。だけど敵意のない瞳。

住まう家はルソアさんたちが手配してくれた。住む家に関しても私一人ではどうしようもなかっただろう。だからお世話になりっぱなしで感謝しかない。

「今日からここで働くことになったクレヴァーナです。よろしくお願いします」

頭を下げれば、周りが笑顔で受け入れてくれる。

それがなんだか不思議だった。娘以外に私をこんな風に笑顔で迎え入れてくれる人というのはいなかった。私に同情した人も、私が話しかけると困った顔をしていた。

それだけ私に関わると厄介事が舞い込んでくることを彼らも分かっていたから。

「クレヴァーナさんは様々な国の言語を使えるのでしょう？　それだけの言語を使いこなせるなんて素晴らしいわ」

「あの試験を受けて高得点だったんだろう？」

そう言って声をかけてくる人たちに、どんな風に反応していいか分からなかった。

本に載っていた通りに笑って受け止めてみることにした。私が誰かと接する時、困ったら本に記載されている通りに行うようにしている。

それにしても私は時間があったから勉強していただけだ。本を読んで学んでいたからの成果なので、すごいと言われることもよく分からなかった。

娘であるラウレータには「おかあさま、すごい」と言われていたけれど……。

でもこうやって私を受け入れてくれている人たちも、私がクレヴァーナ・シンフォイガだと知ったら、言葉を聞いてくれなくなるだろうかとそんなことを思ってしまった。

私が勤めることになったこの図書館には、他国からも多くの来訪者がやってくる。様々な知識を求めてやってくるそういう人たちの中には当然、スラファー国の言語を上手く喋れない人なども存在する。そういう方たちへの対応を私は行うことになった。

面接の時には学んできた言語を喋ったけれど、それ以外の場所でこうやって話すのは初めてだった。だから上手くできるだろうかと少し緊張した。

けれど思ったよりも私は話せたみたいで、対応した方々には感謝をしてもらえた。意思疎通がきちんとできたことが嬉しかった。

それに加えて翻訳の仕事も任せてもらえた。図書館に所蔵されている本を、書かれている言語とは異なるものへと翻訳する。そしてそれを必要としていた人の元へと送り出すのも、この図書館の大きな役割の一つだった。

こうやって仕事として翻訳をするのは初めてだった。

いつもただ一人で本を読んで、それを違う言語に翻訳したりしていただけだった。実家で行っていたそういう一人遊びが仕事につながるとは思っていなかった。

ルソアさんには「読み書きも話すのも完璧なんて流石《さすが》だわ」なんて言われた。

褒められると、なんだか不思議な気持ちになった。

私が仕事を頑張れば頑張るほど、周りは私のことを褒めてくれた。それに職場では私に話しかけてくれる人が多い。

お友達もできた。

それは私が初めてここを訪れた際に受付をしていたゼッピアという名の女性だ。私のことを様々な場所へと連れ出してくれる。

私には新しい経験ばかりだ。

「一度も観劇をしたことがない？　なら一緒に行きましょう」

貴族は観劇に行くことはよくあるらしい。家族たちがそういうものを見て楽しんでいたことは知っている。だけど私は劇というものを見たことがなかった。家族がそこに出かける際はいつも留守番をしていたから。

だからそうやってゼッピアに誘われて、不思議だった。一緒に見に行った観劇は楽しかった。

「……好きな食べ物が分からない？　あなた、今までどういう生活をしてきたの？」

好きな食べ物と言われてもぴんとはこなかった。私の食べるものは実家でも嫁ぎ先でも基本的に与えられるものだった。自分で食事を作る際も余ったものを使って作っていただけだった。

だから食事に対する特別な思いはなかった。

ゼッピアはそんな私にもったいないと口にして、いろんなものを食べさせに連れて行ってくれた。実家で家族と食事をした時とも、嫁ぎ先で夫と食事をしていた時とも違った。どちらかと言うと、ラウレータと一緒に食事をしていた時のような穏やかな時間だった。

友達と食事をするのは、こういう楽しさがあるのかと驚いた。

私がゼッピアのことを初めての友達だと言えば、また驚愕《きょうがく》される。

「クレヴァーナは本当に……今まで普通じゃない環境にいたのね」

「そうかしら？」

「そうよ。そもそもあなたみたいに綺麗《きれい》で有能な魅力的な子と誰も友達になりたがらなかったなんて信じられない！」

そんなことを言われたけれど、そんな風に言われるほどではないと思う。

確かに一般的に見て私は外見が整っているらしいというのは、周りの反応から知っている。前の夫の部下も「外見だけはいい」と私のことを口にしていた。だからこそ、見た目がいいからと悪妻に惑わされることがないようにと夫に注意していた。夫の部下たちは私が彼に近づきすぎると惑わされると思っていたらしかった。だからこそ、６年もあった結婚生活の間で共に過ごした時間なんて本当に短かった。

「クレヴァーナは本当に綺麗なのよ？　絹のように美しい銀色の髪も、煌《きら》めく薄黄緑色の瞳も、全て完璧な美しさだもの。眼鏡《めがね》をかけていても、その美しさは損なわれないわ」

「あ、ありがとう、ゼッピア」

素直にこんな風に好意的に外見を褒められることなんて娘からの言葉しかなかった。私が人前に出ることはほとんどなかった。必要最低限外に出た時だって、私の噂を知っている人ばかりだったから純粋な言葉ではなかった。

　働き始めて新しいことばかりで、私はなんだか新鮮な気持ちになっていた。


　みんなは私が実家と夫の話をすると、怒ればよかったのにと言う。

「どうしてクレヴァーナのような子が離縁されることになったの？」

「いろんな理由はあると思いますけれど、私が上手くできなかったからですかね。私が夫やその周りの信頼を勝ち取ることができなかったという、それだけの話です」

　ある日、ルソアさんから飲みに誘われた。

　私は夜にどこかに行くなんてしたことがなかったので、一度は断った。でも一度も夜にこうして出かけたことがないと私が言うと、「私が夜遊びの楽しさを教えてあげるわ」などと言われて、そのまま頷いてしまった。

「クレヴァーナの良さが分からないなんて、どうせつまらない男だったのよ！」

　お酒を飲んでいるルソアさんは、少しだけ口が悪くなっていた。

「一般的に見ていい男ではあったと思います」

「……その言い方、クレヴァーナはその元夫のことを好いていたわけではなかったの？」

「そうですね。親の決めた相手に嫁いだ形でした。元夫も私にそういう感情を抱いていたわけではありません」

私も夫も自分の意思をもってして結婚したわけではない。元夫に関しては政略的な結婚でなければ私なんて娶《めと》りたくなかっただろう。

「親が決めたものだったとしてもクレヴァーナを折角娶ったのに、もったいないことをしたわよねぇ。それに離縁されたばかりのあなたがこうして隣国に来たのには、それ相応の理由があるんでしょう？」

そう言うルソアさんの顔は赤い。かなりの量のお酒を飲んでいることが分かる。

「……故郷での私の評判はひどかったですから」

そんなことをこぼしてしまったのは、私もお酒を飲んでいたからだ。ぽろりとこぼしてしまった言葉にルソアさんが続けて問いかける。

「どうして？　クレヴァーナはそんなひどい評判を受けるような子じゃないわ」

「私の意思は関係なく、家族の醜声は私が受けるものとされてましたから」

「どうして……？　家族なのにひどいわ」

そう口にするルソアさんは、家族仲がきっと良いのだろうなと思った。

「私の家族にとっては、家族として認めるための重要なものが一つありました。私はそれを持ち合わせていなかった。だから……お父様たちに、私は家族として認められていませんでした」

魔術が使えるか、使えないか。家族にとって、それが全てだった。

まだ魔力量が少なくても魔術が使えれば……出来損ない扱いはされたかもしれないけれど、家族とは認めてもらえたかもしれない。

「……それって家族として認めてくれない人たちの命令で嫁いで、嫁ぎ先でも家族が原因で広まったひどい噂があって上手くいかなかったってこと？」

「そうですね」

軽く答えるとルソアさんの目がくわっと開かれる。

「そんなに平然としてないで、怒っていいのよ！　寧ろ聞いている私の方が腹が立っているわ！」

「怒る、ですか？」

「そうよ。そんな扱いをされたなら怒ればよかったのよ。子供までこさえておいて、真偽がつかない噂を真《ま》に受けてあなたを蔑《ないがし》ろにしていたわけでしょう？　そんなクズ男、別れて正解よ」

私は元夫をクズなどと言われて驚いてしまう。今までは夫のことを肯定している人ばかりだった。

「クレヴァーナ、どうして笑っているの？」

「今まで夫をクズ男なんて言う人がいなかったから……。それに、私は怒るという選択肢を考えたこともなかったわ」

実家の両親や兄妹たちは私に時折怒りをぶつけた。私みたいに魔術を使えない存在と血が繋《つな》がっているのが恥ずかしいと、そう言っていた。

嫁ぎ先では夫の部下たちは私をよく睨《にら》んでいた。私のことを認めないと、そんな風に言動で示していた。

——私は自分が怒るというのを考えたことがなかった。そんなことをしても届かないと、そう思っていたからかもしれない。

「ルソアさん、私……誰かに怒ろうと思ったことなかったです」

「そうなの？　問題のある家族やクソ男に関わることがあるなら思いっきり怒るといいのではないかと思うわ。理不尽《りふじん》な真似をされたら誰でも怒る権利があるのだから」

ルソアさんはそう言いながら笑っている。

……理不尽な真似をされたら怒る権利があるのか。

魔術が使えないから家族として認められない私。外に出すことが恥ずかしい私。

私はずっとそう言われ続けていた。

「そうですね……。私、誰かに怒るというのをしたことがないので、できたらやってみようと思います」

「あら、怒るというのはやろうと思ってするものではないわよ？」

私の決意の言葉を聞いて、ルソアさんはくすくすと笑っている。

やろうと思って怒るものではない。そう言われたけれど、怒るとはどういう感じなのだろうか。

小説を読んだ時、登場人物たちは何かしらの問題が起きた時に声をあげて怒っていた。大きな声で泣いて、感情を露《あら》わにしていた。

……家庭教師がついたことがなかったから、〝公爵令嬢〟としての私は家族や本で知った知識を真似ていた。

本の中に〝公爵令嬢〟や〝公爵夫人〟は感情を露わにするべきではないと書かれていた。だからそれを真似た。小説の中の貴族たちは感情豊かだったけれど、基本はそうだと描かれていた。それに感情的になっても誰も聞いてくれないことは分かっていたから、というのもあるけれど。

ルソアさんと話して、怒るというのを改めてやってみようと思った。

幕間　変わった新人～ルソアside～

「ルソア。クレヴァーナはこれまでどういう暮らしをしてきたんだろうな？」

新しく図書館に所蔵される本に魔法による処理を施す作業を行う中で、コルドが私、ルソアに向かってそう言った。

最近、ここで働くようになった新人――クレヴァーナ。

彼女は不思議な子で、話を聞いている限り散々な目に遭《あ》ってきている。でも……その理不尽な状況を当たり前だと思っていたようだった。ゼッピアが初めての友達だと笑い、家族からの扱いも悪く、結婚も上手くいかない。24歳という若さでどれだけ苦労しているのだろうかと、聞いているこちらが憤《いきどお》りを感じてしまう。

あんなに綺麗で、頭が良くて――とても素敵な子なのに。

「本当に大変な暮らしをしていたようには思えるわ。……彼女の場合は、そういう扱いを当たり前のように受け入れているのが一番の問題ね。本来なら怒るべきことを、怒らないというか……」

「友達ができたのも初めてだって言ってたんだろ？　ほとんど誰とも関わらずに、自分を否定する存在とだけ関わってきていた感じか？」

「そうだと思うわ。それにしては卑屈ではないのは……本を読んで世界を知っていたから、みたいな感じかしらね」

「それであれだけ社交性があるのも、様々な言語を操れるのもおかしいけどな。それにあいつ、多分、いい所の出だろう」

コルドはそう言って、なんとも言えない表情である。

そう、クレヴァーナは接していれば分かるが所作が綺麗なのだ。平民の服装でも、気品があふれ出ている。

……学園に通ったことも、家庭教師がついたこともない。ということはおそらくああいう所作も全て独学で学んだのだと思う。

「そうね。この前酒場で飲んだ時に、あの子は父親のことを〝お父様〟と呼んでいたわ。だから良い所の出であることは間違いないと思うわ」

お父様という呼び方をするのは、裕福な家系だけだ。家族として認められるための重要なものが足りなかったとクレヴァーナは口にしていた。たった一つの何かが足りないからと言って、家族として認めないという意味が私には分からない。

「あとは……クレヴァーナの家族も、嫁ぎ先も彼女の有能さを理解してなかったのではないかと思うわ」

「あれだけできる女なのに？」

「それだけ彼女の能力が高いからだと感じているの。周りが違和感がないように馴染《なじ》むだけの能力があったのだと思うのよ。少しでも違和感を相手に感じさせるだけの隙を見せていれば、違ったただろうけれど……。私たちだって本人から話を聞かないと彼女が異常な環境下で育っていたことが分からなかったでしょう？」

クレヴァーナ本人が語らなければ、そんなおかしな環境で育ってきたとは分からない。

それだけ彼女は環境への適応力があるのだと思う。どこかで特別に学んだわけではなく、ただ独学で学び続けた。それでこれだけ適応できるというのは、ある意味才能だと思う。

「そうだな……。俺も実際に話してみないとそういう暮らしをしていたことが分からなかった。それにしてもあっけらかんとした態度で言うからなぁ……。そういう状況が当たり前だったのって中々大変な状況だが」

「そうよね……。子供とも離れ離れになってしまっていると聞いたし、これから幸せになってほしいわ」

クレヴァーナが子供の話をする時は、どこか愛情が見え隠れする。あまり周りに執着をしていないように見え、何もかも与えられるものを受け入れているように感じる。

だけれども、やっぱり自分の産んだ子供というのは特別なのだろうと思う。

本当は子供を連れてきたかったのだろうなと思う。だけれどもいろんな事情から子供と離れ離れにならなければならなかった。

……私は子供を産んだことはないけれど、想像すると悲しいことだと思う。

離縁して、実家にも頼れずにたった一人で隣国にやってくる。それは大きな決意である。

私だったら、そういうことはできなかったと思う。

……クレヴァーナは周りから蔑ろにされていることがおそらく当たり前の環境で、あまり周りと関わってこずに生きてきたのだと思う。そういう生き方をしてきたからこそ、どういう時でも冷静というか、落ち着いているのかもしれない。

それは怒ることが分からないと言っていたことからも分かるように、彼女にとって感情を大きく露わにすることが当たり前じゃないからだ。

「もっと感情を露わにして大丈夫だって、彼女自身が思えるようになればいいとも思うわ。理不尽な真似を受けたら、怒って、泣いて、全力でぶつかる方がいいもの」

理不尽な真似を受けたら、そうやってちゃんと抗《あらが》った方がいいと私は思っている。

だからあの子がそういう風になれたらいいのにな、とも思う。

「……なんかそういう対応をされてきたのならば、もしかしたらクレヴァーナの実家や元夫がやってくる可能性もあるよな。その時は俺たちが対応しよう」

「ええ。そうしましょう」

もし彼女になんらかの接触をしてくる人がいるならば、同僚として私たちは彼女のことを守っていきたいなと思った。

第2章　新しい生活と、王弟殿下との出会い

「クレヴァーナ、給与を渡すわ」

図書館で働き始めて1カ月が経った。初めての給料日がやってきた。

この街にやってくるまでの間、働いていたのは単発の仕事だった。だからこうやってまとまったお金をもらうのは初めてである。

家賃などを差し引いても、まだお金に余裕はあった。

私はただここで働きたいと応募したけれど、給料がとてもよかった。あとは翻訳の仕事の出来がよかったからと手当もつけてもらえたみたい。

こうやってまとまったお金が手に入って、何に使おうかと悩んでしまう。

私はあんまり自分で何かを選んで買うことはなかった。

実家にいた頃は与えられたものを使っていたし、嫁ぎ先でもやってきた商人から衣服などを購入していたぐらいである。それも私には悪い噂があったから、直接商人と会話をすることはなく……侍女や使用人経由だった。

折角だからラウレータに何か贈りたいな。……私の名前で送って、公爵家が受け取るかどう

かは分からないけれど。

自分の稼いだお金でラウレータにプレゼントを贈ると考えると、少し楽しい気持ちになる。

「なんだか楽しそうだけど、どうしたの？」

「給料が入ったからプレゼントを買おうと思って」

「娘ちゃんに？」

「ええ。こうやって自分の稼いだお金でプレゼントを渡すのが初めてだから、なんだか選ぶ段階から楽しみだなと思って」

私がそう言ったら、ゼッピアが一緒にプレゼントを選んでくれることになった。

図書館は夕方には閉館するので、閉館の作業を終えたあと、私たちはお店の立ち並ぶ大通りに向かうことになった。

1カ月も街で過ごしていると街のことも分かってくる。

この夕暮れの時間は、それなりに混んでいる。祝日ほどではないけれど、ちょうど仕事を終えた人たちの帰宅時間なのだ。

この街には学園も存在しているから、学生の姿も多い。知識の街、エピスに存在する学園は確か人気が高いのよね。

私の故郷の国からも、この街の学園に通っている貴族は少しはいるはず。私はあまり外に出ていなかったから、顔を知っている人はほとんどいないと思うけれど、万が一私を知る人がいたら面倒だから眼鏡をかけて髪型も変えている。

悪い噂ばかりの私しか知らない人たちは、今の私を見ても私の言葉を聞かないのだろうか？　私が何を言っても、噂があるからと誰も私の言葉を本気にはとらえなかった。

嫁ぎ先の人たちには、自由に動くために私がそう演じていただけだと思われていた。

あくまでそうやって演じていただけで、実際の姿は噂通りだとそう決めつけられていた。

この国に私を知る人がやってきたとして、私の悪い噂を言われても皆が今の私を見てくれたら嬉しいなとは思う。

子供関連のものが売ってある専門店へと入る。

平民向けのお店なので、公爵令嬢として生きているラウレータには釣り合わないものかもしれないけれど……でも受け取ってもらえたら嬉しいな。

「娘ちゃんは何が好きなの？」

「私が絵本を読んであげると喜んでいたわ。あとは流行《はや》りの玩具で遊ぶのも好きだわ」

公爵令嬢としてラウレータは沢山の玩具が与えられていた。私が絵本を読んであげたり、おもちゃで遊んでいる様子を見ていると楽しそうに笑っていた。私はラウレータが笑っているのを見ると幸せな気持ちになった。

……子供は少し見ていないだけでも成長していくものだから、たった1カ月でも成長しているんだろうな。そう思うと成長が見られないことは少し寂しく思う。本当ならずっと傍《そば》で、その成長を見守りたかった。

私が突然いなくなることになったから、泣いているだろうか。寂しがっているだろうか。会えなくなるって最後の挨拶はさせてもらえたけれど……、まだ小さな娘は私がそのまま帰ってこないとは思っていないかもしれない。

そのうち再婚でもするのかな。公爵夫人になりたい女性は多いだろうから、いろんな思惑があって、そのうち新しい母親をラウレータは得るんだろうな。

そんなことを考えながら、私はいくつかの絵本やおもちゃを購入する。少し高価なものも購入した。だって喜んでもらいたいと思うから。

なんというか自分のものはあまり買わないのに、子供のものはついつい買ってしまう。離縁される前、私は自由に何かを購入することはできなかった。だからあげたものも私自身がプレゼントしたものとは言い難かった。でもこれは私が自分の稼いだお金で準備するものなのだと思うと楽しみになる。

きっと「お母様、ありがとう」と言って笑ってくれるんだろうな。

「そんなに買って大丈夫？」

「ええ。生活費はきちんと確保しているから問題ないわ」

「……あんまり散財はしないようにね？」

「そうね。貯金も毎月きちんとするようにしたいわ」

買い物をすることが楽しくて、気をつけないとお金を使いすぎそうになる。貯金も大事なのだけど、自由に使えるのがこんなに楽しいのだというのを初めて知った。

一人暮らしにはお金がかかるものだ。ただ私の職場は昼食も割引されたりしているので、生活はしやすいけれど。家でとる食事代も節約できるといいと思っている。料理のレパートリーも増えてきた。

職場で料理の本もいろいろ読んで試してみているのだ。実家にいた頃は食材も自由に使えなかったから、一人暮らしだと自分のお金で好きなものを買えるからいいなと思う。

少しずつお金を貯めていけば、旅行なども行けるようになるだろうし。いろんな場所に行けたらなとも思うから。

それから私は娘へと贈り物をする手続きを行った。紛失もよくある話なので、きちんと届くかは少し不安だ。でも正規の、少し値が張る手続きをしたので届くと思いたい。

喜んでもらえたら嬉しいなと、そう思う。

だけれども——私が送ったその贈り物たちはしばらくして返送されてきた。

夫や公爵家は私からのプレゼントを娘に渡す気がないのだろうなと少し悲しくなった。でも何度か送ってみようと思う。そしたら1つぐらいは娘に届けてくれないかと……少し期待して。全て渡されないかもしれないけれども。

◆◇◆◇◆

私は平民の、ただのクレヴァーナとしてここにいる。

周りからしてみれば、なんの後ろ盾もない、取るに足らない存在。そういう考えの貴族なども多いのだなと思った。だからといって直接何かをしようとは思わなかったけど。

突然、中々職員を採用しない図書館で働くことになった私は目立っていたりする。特に周りを不愉快にさせる行動はしていないつもり……だけれども、私が何か後ろ暗いことを行ってこの地位についているなどと言われてしまうのだなと驚く。

故郷にいた頃は家族が意図的に情報を流していたからこそ、ああいう状況に陥っていた。今回はそれとはまた違うとは思う。

ただ周りに味方がいる状況が嬉しいなと思う。

こうやって自分の話を聞いてくれる人がこれだけ周りにいることは不思議で、だけど心地よかった。

「平民なのに採用されるなんて何かしらの不正を行ったに決まっているわ」

「殿方を篭絡《ろうらく》したのではないかしら？」

「それか、お金でも積んだのか……」

そんな噂が囁かれている。普通とは異なることを行った人は、きっといろんな視線にさらされてしまうのだと思う。

一緒に働いている人たちはそんな誤解をすることはない。それは私の頑張りを認めてくれていることに他ならない。そもそもそういう謂《いわ》れのない噂を流すような人間は、まずこの図書館で採用されないとコルドさんが言っていた。そういう性格に問題がある人間は職員として働くことは難しいらしい。ここには様々な国から人がやってくるから。

「言われっぱなしでいいの？」

「否定したところで好き勝手言う人の言葉はどうしようもないでしょう？」

私がそう言ったら、ゼッピアには呆《あき》れたような、どこか怒ったような視線を向けられる。

「クレヴァーナ、そんな風に私はあなたに諦めてほしくないわ。ルソアさんに怒るのをやってみると言ったのでしょ？　なら、これは怒るべきことだわ」

「……そうかしら？」

正直、ほとんど実害のないものだ。だって故郷にいた頃に流されていたものに比べると、中身も軽い。ロージュン国では、私の悪評はほとんど真実として広まっていた。私が何を言ってもそれを覆《くつがえ》すことが難しい状況になっていた。

私の言葉を誰一人聞くことなく、流されている噂のみで私を判断する人がずっと多かった。

それに比べると、親しくしている人たちは流されている噂を信じることはないのだ。

「そうよ！　このくらいと思っているかもしれないけれど……塵《ちり》も積もれば山となると言うでしょう？　小さなことでも積み重なれば大変なことになるのよ？　だからこそ、まだ問題が小さいうちに解決した方がいいわ」

ゼッピアは怒った様子でそう言った。

「……確かに、そうかも」

ゼッピアの言葉に私は納得する。

故郷での私の悪評は気づいたら流れていたものだった。私は外と関わることがなかったから、その悪評についても家族に伝えられるまでを知らなかったぐらいだった。特に姉と妹は私にそういう噂が流れているのを楽しんでいた様子だった。おそらく2人が原因で流れている噂もあったとは思う。だけど、結局私は誰かに直接反論する機会も全くなかった。

……シンフォイガ家の、外に出すのも恥ずかしい娘。

それが私だったから。

でもこうやって隣国にやってきて、新しい私として生きている今は……自分の口で反論する機会があるのだなと改めて実感する。

誰にも反論する機会さえ与えられなかった昔。そして周りは私の悪い噂を真実だと信じ切っていた昔。それとは今はもう違うのだ。

それを改めて私は実感した。

――そのことは、怒ってもよかったことなのだとゼッピアに教えられる。

「ゼッピア、私、怒ってみるわ」

私がそう言ったら、ゼッピアも笑ってくれた。

そして怒ることが初心者な私を心配して、ゼッピアは反論しに行く時についてきてくれた。

これまで一切、反論一つしなかった私が突然話しかけたことに彼らは驚いた様子を見せていた。

私がずっと、言われっぱなしだろうと思っていたのだと思う。何も反論をすることなく、されるがままだろうと。

――昔の私は、そうだったんだなと改めて思う。

「嘘の噂を流すのは、やめていただけませんか？」

そう口にすると、彼らは嘘ではないと自信満々に口にした。私がこの職場で働くのに相応しいと思えていないのだろう。働くのに相応しくないとかは人事が判断したことなので、そのことで文句を私に言うのは間違っていると思う。不当だと思うのならば私を採用した相手に言えばいいのだ。

どう対応するのが一番いいだろうかと思っていると、ゼッピアに「あなたの実力を見せればいいのよ」と言われる。

それは実際にどうやればいいのだろう？　と思っていると、「様々な言語でしゃべってみて」と言われた。

それでここで働くことに納得してもらえるのだろうか？　とよく分からなかった。

でもゼッピアの言うことなので、ひとまず私は言われた通りにしてみることにする。

私は本を読むことで様々な言語を勉強した。そしてこの図書館に就職してから新たな言語を学び出したりもしている。

私の全く知らない文法の言語なども様々にあって、そういうまだまだ知らないものに触れるのが楽しかった。

実家に置いてあった言語の本だけでは、まかないきれないものがここには沢山ある。

嫁ぎ先では実家ほど学べなかったから、こうして好きなように勉強ができるのは楽しい。それに今は、実際に気になったことに挑戦することもできる。例えば料理なら作ってみたり、気になる場所に直接行けなくても、そこに行ったことがある人から話を聞いたり——。一人で黙々と勉強するのではなく、誰かと一緒に学べるのも楽しくて、ついつい勉強に熱中してしまう。

「ほら、クレヴァーナはとてもすごいでしょう？」

ゼッピアに言われるがまま行動したら、噂を流していた人たちは不思議と何も言わなくなった。そしてゼッピアは私のことを自慢げに語っていた。

初めて誰かに怒ることと反論することを行ったので、少しだけ緊張した。でもこうやって、納得がいかないことには対応しなければならないのだなと実感した。

噂が少しずつ縮小してきており、比較的穏やかに過ごせている。これからも納得できないことには戦うだけの力をつけようと思った。

……いつか、故郷の噂も跳ね返せるぐらいになれたら嬉しいな。

そうしたら娘に会いに行くことができるようになるもの。実家の家族のことも、嫁ぎ先のことも、そこまで気にかかるものはない。大事なのは娘のことだけだ。

ラウレータは私がいなくなってから、どうしているだろうか。ふと、思い出すのはそればかりだ。

ああ、でも私が娘に会いたいとあとから望んでも、教育に悪いとかで元夫たちは会わせようとしてくれないのだろうなとは思う。それに私の悪い噂をラウレータに、真実として聞かせていくのだろうなとも思う。

元夫もその部下たちも、善意で、良かれと思ってそういう行動をしているのだから。

……離縁する時は何を言っても仕方がないと諦めてしまったけれど、よく考えてみると起こしてもないことを起こるはずだからと捏造《ねつぞう》するというのは少し問題かもしれない。

仕事場で同じことが起きたらと考えてみるとより一層、大問題だと実感する。例えばその人が嫌いだったとしても、例えばその人に関して悪い噂を聞いたとしても、それが真実であるかの確認は重要だと思う。考えなしに行動をすることで、不当に貶められるのは良くない。

そんな当たり前のことを思考すると、やっぱり……私の昔の状況はおかしかったのだと実感する。

世の中には私のように冤罪《えんざい》で大変な目に遭っている人がいるかもしれない。私の場合は前々から積み重なっている悪い噂があったわけだけど……。

でも誰かのためにという理由があったとしても、偽りで誰かを貶めてしまうことを私はしたくないなと思った。というより、誰かに私のためにと勝手にしてほしくないなとも考える。

「思い込みで冤罪をかけるなんて、しょうもない連中ね」

ゼッピアにそんなことを言われる。

元夫はロージュン国では有名な公爵だった。そしてその側近たちも魔物討伐で活躍して有名だった。おそらく一部分だけ見れば有能な人たちなのだと思う。そういう英雄だとか、有名だとか言われる人たちの行動は正しいものだと思われがちだ。だけど、こうやって外の世界を知っていろんな人たちと関わるようになったからこそいろいろと考えてしまう。

仕事が遅いとか、欠点が何かしらあったとしても、人に対する思いやりがある人の方がいいなと最近はよく思う。

この図書館では数多くの魔道具も使用されている。魔道具というのは、魔術式の組み込まれた便利な道具だ。私は体内の魔力を魔術に変換することはできないけれども、魔道具に魔力を込めることはできる。あとは勉強をしてきたから、魔術の仕組みや効率的に詠唱する方法とかは知っている。魔道具に組み込まれている術式も、本で読んだ分は覚えている。

職場で魔道具に魔力を込める役割も最近やらせてもらっている。私の魔力量は多い方みたい。どちらにしても魔術を私は使えないから、自分の魔力量なんてあんまり気にしたことはなかった。だけれども、こんなにも自分の魔力は多いのだと驚いた。人と比べたこともなかったから、不思議な気持ち。

これで私が魔術を使えればよかったのになとは思う。そしたら家族として認められて、悪評を流されることもなく過ごせたのかもしれない。ただし、そうなればラウレータが産まれることもなかっただろうから、その点は私が私でよかったなとは思えるけれど。

もしラウレータがいない世界だったら……と考えただけで悲しい気持ちでいっぱいになる。私は娘がいなかったら、もっと無気力に生きていたのかもしれないとは思う。

ラウレータが産まれた時、抱っこした時に驚いた。こんなに小さくてか弱いのに、生きているんだなと。そう実感した時に、とても温かい気持ちになった。

一緒に手をつないで歩いた時に、ぎゅっと握り返してくれたことが嬉しかった。

だから私は今の人生を嫌だとは思ってない。

「クレヴァーナは魔術の使い方も熟知しているのね」

「学んだことだけですけどね。実際に私は魔術を使えないので」

私はルソアさんと一緒に魔道具に魔力を込めている。

魔道具に魔力を込めるだけの魔力を持ち合わせている人というのは、そんなに多くないと聞いた。職員の中でも魔力を持つ人が魔道具に魔力を込めるようになっているが、私は誰よりも数がこなせた。その分、手当も増えるのでやりがいがある。

故郷では魔術が使えないからと、魔道具に魔力を込めたりはさせてもらえなかったのだ。

こういうこれまでやらせてもらえなかったことを沢山できると、それだけでも楽しい。

「使えないのに、私にアドバイスできるぐらいに魔術に対して精通していることが素晴らしいことなのよ」

そう言って微笑むルソアさんは、魔術が使えない私の話に耳を傾けてくれる。

実際に魔術を使えない私の言葉は、聞く価値がないと判断する人もきっといるだろうなと思う。だからこそ、こうやって素直に受け止めてくれるのが嬉しい。思えばラウレータも私が語る魔術の話をちゃんと聞いてくれていた。まだ子供なのに私の言葉を理解して、魔術を使っていたラウレータは本当にすごい子だと思う。

「私自身が魔術を使えないからこそ、魔術は面白いなと思うんですよね」

私は一生魔術は使えない。魔力を魔術に変換する器官が備わっていないから。魔力を流すだけならできるけれど、魔術を形成はできない。

だからこそ、魔術というものに少しの憧れを抱く。

魔術とは面白い力で、様々な可能性があるものだ。文献の中では信じられないような功績を残した魔術師というのもいる。

誇張して記載されているとか、実際にこんな魔術があるはずがないとかそういう通説があることも知っている。あとは昔の魔術式が失われただけで、それを復活させることを目標にしている人たちもいたりする。本に載っていない知識は私は知らないけれど――、そういう今はもうない魔術式をいつか解明できるようになれたら楽しいなとも想像する。

こうやって先のことを想像して楽しみになっているのも、不思議な感覚になる。故郷にいた頃はこうやって何かを楽しみに思うことも少なかった。娘のことはともかくとして、それ以外は特にそういうものはなかった。

だから、なんだか今が楽しい。

◆◇◆◇◆

私が離縁されてから、半年が経過した。たった半年という期間だけど、私の人生の中で最も濃い半年であったと言える。これまでの私は流されるがまま、自分から行動することなく生きていた。この半年間は、選択の連続だった。こうやって自分の意思で自分の行動を決めるのは初めてだったから。

――本で読んだ図書館に来てみたい。ただそれだけの気持ちでやってきたけれど、こうして隣国に来てよかったと、そう思える。

「やっぱり娘には何も受け取ってもらえないわね」

私の前にはラウレータへの贈り物が並べられている。これは全て送り返されてきたものだ。それどころか使用人の名で、「公爵様は受け取るつもりは一切ないようです。これ以上、お送りしない方がいいかと」という手紙がついてきた。

……やっぱり元夫たちは私からの贈り物を娘に渡す気はないようだ。

半年間そうだったので、流石に諦めることにする。ただいつか渡せる機会ができるかもしれないと期待して、購入だけは続けようと思っている。

私がそう言ったら、ルソアさんたちには「本当にあなたの元々の嫁ぎ先はどうしようもないわね」なんて言われた。私の味方をしてくれるのは嬉しいけれど、元夫たちだけが悪いわけではないとは思っている。

なぜなら悪評を流されている人がいれば、子供を近づけさせたくないと思うのは当たり前のことだから。私自身もラウレータのことを大切に思っているからこそ、危険な人は近づけさせたくはないとそう思う。故郷にいた頃の私は、諦めている部分が多かった。自分の噂をがむしゃらにどうにかしようとか、そういうこともできていなかった。それも悪かったかなぁと今だからこそ思う。

怒ったり、本気でぶつかり合ったり——そういうことがきっと故郷の頃の私には足りなかった。それを行えていれば結婚生活の6年間も、もしかしたら違うものになっていたかもしれない。

翻訳だったり、魔道具への補充だったり――あとは他国からやってきた母国語以外喋れない要人の相手だったり……そのあたりも任せてもらえていて、かなりの手応えは感じている。

要人の相手に関しては私が本で読んだり、家族たちを見て身につけた所作や言葉遣いなども含めてが役に立っているようだ。私は学園や教師や家庭教師から学んだわけではないけれど、そういうことで貴族としての所作はきちんと身についていたみたい。

コルドさんにも「言われなければ特別な教育を受けていないとは気づけない」なんて言われたのだ。

独学で学んだことで私はそれだけのものを身に付けられていたのだと、実感してなんだか嬉しかった。


そうして当たり前の日常を過ごしている中で、私に一つの転機が訪れる。


「今度、王弟殿下がこちらに訪れるの。クレヴァーナがお相手してくれる?」

――ある日、館長からそんなことを言われた。

「え、私で大丈夫ですか？」

私は館長から言われた言葉に驚き、心配になった。

この図書館に勤め出してから貴族への対応などはしてきたけれど、王族と接したことなんてほぼない。

普通なら公爵令嬢という立場ならば、王族と関わりが深いものらしい。周りから聞いた話や書物で読んだ情報だと、そういう風だから。でも私は外に出してもらえない公爵令嬢だったから王族と会話を交わしたことなど、全然ない。だから少しだけ、大丈夫かなと思ってしまった。

「問題ないわ。クレヴァーナならば対応がきちんとできると私は知っているもの。それにあの方は少しの失敗ぐらいではお怒りにならないわ」

館長はそう言って笑ってくれる。

私の頑張りを認めてくれていることが嬉しい。不安も大きいけれど、こうやって言ってもらえると頑張りたいとそう思えた。

「分かりました。上手くできるか分かりませんが、精いっぱい務めさせていただきます」

私がそう口にすると、館長は笑ってくれた。

図書館にやってくるという王弟殿下の名は、カウディオ・スラファーというそうだ。私も情報としては知っている。この国に来て、様々な人たちと会話を交わすようになって流れている噂話は耳にしたものは全て覚えている。故郷では屋敷にいる家族や使用人たちの話しか聞けなかったので、他の人たちの話を聞けるだけでも楽しい。

私よりも4歳年下で、国王陛下を支えている有能な方らしい。見た目も整っており、まだ独身なのもあり、その妻の座を狙っている方も多いらしい。

私は社交界にほとんど顔を出させてもらえなかったから見たことはないけれど、確か私の弟も同じように異性に囲まれているらしいと聞いたことがある。それと同じような形なのかもしれない。

「カウディオ殿下が訪れた際は、それはもう大変な騒ぎになるのよ。クレヴァーナも対応をするなら気を付けて」

「大変な騒ぎ？」

「ええ。カウディオ殿下にお近づきになりたいと行動を起こす人は多いのよ」

ゼッピアに王弟殿下の話を聞くと、そんな風に言われた。

王弟殿下はこの図書館をよく訪れるようだ。お忍びでいらっしゃっているので接触しないようにとお触れは出ているため、基本的には問題は起こらないらしい。とはいえ護衛から近づかないように言われていても、関わろうとする人はそれなりにいるんだそうだ。

「ほら、流行の小説でそういう高貴な方に見初《みそ》められるものがあるでしょう？　そういうのを読んで自分も……と思う方も多いのよ」

「小説はあくまで創作物であって、実際にその状況が起こりうることは少ないと思うけれど……」

「それはそうだけど、やっぱり皆、夢を見るものよ」

市井でも有名な小説で偶然の出会いから王族に認められるストーリーがある。私も読んだことがあって面白かった記憶がある。そういう小説を読んで、自分も……と期待した結果、そういう偶然を装ったりするようだ。もちろん、処罰されたらしいが、下位貴族で偶然を装い王弟殿下にぶつかった女性もいたらしい。

そういう話を聞いて、恋心の暴走というか、誰かの恋人になりたいという野望は驚くほどの行動を人にさせるのだなと驚いた。結婚歴はあっても恋なんてしたことがないので、そこまでするのかとそんな気分。

私も本気で、誰かを好きになったらそんな風になってしまうのだろうか……？　考えてみたけれど、全くそんな想像はできなかった。

恋って、どういうものだろう？

恋をしたいと思って、するものではないと思う。

恋に落ちるという言葉も聞くけれど、どういう感覚なのだろう？

そんな風に深く私は考えてしまった。結局答えなんて全く出なかったけれど。

——そして王弟殿下の話を聞いたしばらくあと、ご本人が図書館に訪れる日がやってきた。

職場仲間には「羨《うらや》ましい」と言う人と、「自分が任されなくててよかった」と言う人とそれぞれ分かれた。

羨ましがっている人の中には、王弟殿下と親しくなることに利益を見出している人や奥方になれるのではと期待している人もいる。安堵している人は王弟殿下に関わることで面倒なことも起こってしまうからと、そちらの方を考えているらしい。

「カウディオ・スラファーだ。よろしく頼む」

殿下はにこやかに笑って、そう言った。

噂通り見目麗《みめうるわ》しく、人当たりの良い笑みを浮かべていた。

幕間　元奥様のこと～とある使用人side～

私はウェグセンダ公爵家に仕えている使用人です。３年ほど前からウェグセンダ公爵家に勤めており、この屋敷は働き先としては条件的にも良い所であると言えるでしょう。

……ただし、一つだけ気になっていることがありました。

元奥様、シンフォイガ公爵家より嫁いでこられ、半年ほど前に離縁されたクレヴァーナ様のことです。

様々な噂のある方ですが、私が実際にクレヴァーナ様と接したことがあるのは数えられるだけです。管轄が違うので、それも当然のことではありますが、本当に噂通りの方なのかと疑問に思っています。

というのも……半年前にクレヴァーナ様が離縁された原因、隠れて下働きと良い仲になっていたというのが捏造であるというのを知ってしまったからです。それを知ったのは本当に偶然でした。たまたまその噂されていた下働きと、ご当主様の側近の会話を聞いてしまったからです。その下働きは表向きはクレヴァーナ様と親しくしたため解雇されています。しかし、実際は側近の方にお金をもらい、良い職場を斡旋《あっせん》してもらっていたようです。

……ご当主様に仕える側近が、意図的にその奥方に対してこのようなことを行うのかと私は愕然《がくぜん》としました。なぜならその側近の方は悪い方ではないのです。私のような平民出の使用人にも良くしてくださっており、真っ当な方であると思っていました。そういう方が、意図的にクレヴァーナ様の離縁理由を作った理由が分かりませんでした。

私が話を聞いていたことに気づいた側近には、「このことは黙っているように」と言われました。なぜこんなことをしたのかと投げかければ、「あのような性悪女《しょうわる》がそのまま奥様としていることは我慢がならない。今は大人しくしていても実際はそういう女なのだから問題ない」などとおっしゃられていました。

……流れている噂はどうであれ、公爵家に嫁いできて6年の間、クレヴァーナ様は噂されているようなことは行っていないように見えました。

シンフォイガ公爵家の中で、唯一魔力はあっても魔術は使えない落ちこぼれ。そのことで家族を僻《ひが》み、横暴な真似ばかり行っていて手がつけられない。告げることは嘘ばかりで、その魅惑的な見た目を使って多くの異性と関係を持っている。表に出すのが恥ずかしいと家族から判断をされて、貴族としての表舞台には出ない。

それでいて、嫁ぎ先では行動を起こさずに大人しく過ごしている。……ウェグセンダ公爵家でも、そういう問題行動を起こさないようにと基本的に外に出さないようにされていた。だけど、そういう状況下でも暴れることもなく、クレヴァーナ様はそれを受け入れていた。

6年間大人しくしていただけで、本性は違うと口にしていたけれど……誰一人としてクレヴァーナ様が本当にそういう女性なのかというのを知らないのだ。実際に噂の場面を見たことがある人はいない。なのに、不自然に噂だけがまるで真実かのように出回っている。それは中々おかしな状況だと、感じてしまう。

これまで周りがそう言うからとそれが真実だと思っていたのに、たった一つのことを見聞きしただけでこのような気分になるなんて……となんとも言えない気分になる。

奥様からは、時折ものが送られてきた。それはお嬢様であるラウレータ様宛である。

ラウレータ様はクレヴァーナ様がいなくなったことで、荒れている。しばらくは大泣きしていて、周りが「クレヴァーナ様が悪いことをした」などといった時には大荒れだった。

お嬢様の前でクレヴァーナ様のことを悪く言うと、お嬢様は怒る。……それだけお嬢様にとって良い母親だったのだろうなと思った。

側近の方々は、「そんなものをお嬢様に渡せるわけがない」と言っていた。そして処分するように言われたが……流石にそれはと思って、送られた都市に送り返している。

お嬢様にお渡しすることも考えたけれど、あとからばれたらと思うと……自分の保身を優先して送り返すしかできなかった。何度目かの贈り物にはもう送ってこない方がいいと手紙を添えて送ったが……。なぜなら側近の方々は特に、クレヴァーナ様から贈り物が来ることに不快になっていたのだ。

クレヴァーナ様を離縁するために捏造までするような方なので、このまま贈り物が送られ続けると大変なことになりかねないと思った。

それにしてもあとからお嬢様に、クレヴァーナ様から送られた贈り物を彼らが受け取らなかったと知られたら……お嬢様は側近の方々に怒るかもしれない。でも側近の方々は本気で奥様が噂通りの人だと思っているからこそ、お嬢様のためによかれと思ってそういう行動をしているのである。

それを実感すると、なんとも言えない気持ちになる。

クレヴァーナ様は離縁されたあと、ご実家からも追い出されたらしい。そして贈り物が送られてきている街は隣国……。

クレヴァーナ様は、今どうやって生きているのだろうか？

ご当主様たちは、クレヴァーナ様がご実家を追い出されたのも特に気にしていない。ご当主様は元々クレヴァーナ様に関心がなかったから。側近の方々はいい気味だとも思っているのかもしれない。

……そもそもご当主様がクレヴァーナ様に少しでも関心があったら、その本当の姿がどういうものなのか、すぐに発覚したのではないかと思う。
どうか、クレヴァーナ様が平穏に暮らせているといいなと、ただそう思うのだった。

第3章　私と王弟殿下

「クレヴァーナは最近、ここで働き始めたのか。ここの試験は難関だと聞いているが、それで高得点だったんだって？」

カウディオ殿下がにこやかに笑って、私に問いかける。

赤みがかった茶色の瞳が、まっすぐに私を見つめている。人当たりの良い笑みは、向けられるとどこか安心する。

カウディオ殿下は私の試験の結果を聞いていたようで、興味を持たれているようだった。

私の勤めている図書館はスラファー国にとっても重要な機関だ。機密情報も管理されている。だからこそ、私の情報は王族に共有されていたみたい。

もしかしたらカウディオ殿下は、私がクレヴァーナ・シンフォイガだと知っているかもしれないと思った。王族であるなら隣国の情報も入手しているだろう。

でも特にカウディオ殿下から言われない限り、そこに触れる気はない。

「今まで勉強していた成果が出ただけですわ」

実家にいた頃、暇さえあれば本を読んでいた。そこで学んできたことがこうやって今につながっていくとは思ってもいなかった。

「それでも素晴らしいことだよ。私も周辺諸国の言語は学んでいるが、全て完璧に話せるわけではないからね」

「そうなのですか？」

王族や貴族となると外交などで他国の方たちと関わることも多いはずだ。だからこそ特に王族は私が思っている以上に流暢に言語を使いこなすのだろうなと思っていた。

だからカウディオ殿下の言葉には驚いた。驚く私を見て、カウディオ殿下はくすくすと笑っている。

優しいその笑みを見ていると、私の心も穏やかになる。

「そうだよ。だから、クレヴァーナはすごいと思うよ。ルソアにも聞いたけれど、数多くの言語を使いこなすことができるのだろう？」

「ありがとうございます。言語を覚えることはなんだか楽しいので、力が入っています」

私はこれまで勉強してきた中でも、特に言語に関しては力を入れている。それはなぜだろうと、頭の中で考えてみる。

……言語は、まるでパズルみたい。

例えば果物一つとってみても、どういう言葉で表すのかが言語によって異なる。それが頭の中にずらりと並んでいる。文法に関してだって。頭の中で単語と単語を組み合わせてできるもの。お姉様たちが飽きて放り出していたパズルも、子供の頃、一人で遊んでいた。あの時遊んだパズル、楽しかった記憶がある。……あとから、私が遊んでいたのを知ってお姉様に捨てられてしまったけれど。

思えばパズルが面白いなと思ったから、言語を覚えることが楽しいなと思ったのかもしれない。そういう自分がなぜ、言語を学ぶのが好きなのか実感できると嬉しくなった。

私はまだまだ自分のことを知らない。私自身がどう生きていきたいかも手探りな状態で、新たな私を知れることが楽しい。

「楽しんで学べているのは素晴らしいことだよ。私の甥《おい》たちも楽しんでいる分野の方が成果がいいからな」

カウディオ殿下はそんなことを言って笑っている。

笑った顔を見て、綺麗な方だなと思った。ルソアさんたちが向けてくれるような、優しい笑み。

こうして故郷からこの国にやってきてから、そういう笑みをよく向けられる。

こういう笑みを向けられると、なんだか嬉しい。

それにしても甥というと、王子殿下のことかな？　確か、スラファー国の国王陛下はカウディオ殿下よりも10歳ほど年上のはずだ。２人の王子殿下が王妃様との間にいると記憶している。

子供の話をしていると、どうしてもラウレータのことばかり考えてしまう。私が唯一、深く関わったことがある子供は娘であるラウレータだけだ。物心ついた頃には、魔術を使えない私は家族という枠組みから排除されていた。だから弟や妹の小さかった頃もよく知らない。一般的な兄弟関係はきっとそこにはなかった。

ラウレータと接する時、子供と関わるのが初めてで最初は戸惑いばかりだった。言葉が通じないほど小さな頃だと、突然泣かれたりして困ったっけ。

少しずつ大きくなって、ラウレータが笑顔を向けてくれると嬉しくなった。ラウレータは私が本を読み聞かせたり、頭の中にある知識について話したりしていると、いつだって楽しそうにしていた。

ラウレータにも家庭教師がそのうちつくだろうけれど、娘が楽しく学べればいいなどと考える。

私には家庭教師がついたことは一度もない。けれど、おそらくどういう家庭教師がつくかによって子供に大きな影響を与えるものであるというのは実感している。だからラウレータにつく家庭教師次第では……悪い影響も与えられてしまうのだろうなとは思う。

そんなことを考えると心配になる。ラウレータはとても素直で、いい子だ。……ラウレータが大変な目に遭わなければいいのだけど。

ああ、もう私に娘の状況を確認できる術があればいいのに。そうしたら……娘がどういう状況にあるか知ることができるのになぁ。

「クレヴァーナ、どうしたんだい？」

「いえ、なんでもありません。ところで、今回はどのような書物をお探しでしょうか？」

娘のことを考えて少しぼーっとしてしまった。慌《あわ》ててカウディオ殿下に答える。

カウディオ殿下がこの街の図書館を訪れるのは、新たな知識を求めてだ。私と同じように知識を深めることを、カウディオ殿下は楽しんでいるようだ。そんなところも私とお揃いだなと思う。ただそうではなく、緊急の用件で知識を求めてくる場合も多々あるようだ。

王弟として、国王陛下を支える役割の中には図書館に所蔵されている本の知識を活用している場合も多いらしい。

本に残されている事例などから読み解けるものは沢山ある。

あとはただ単に、カウディオ殿下が本を読むことを好んでいるからというのも一つの理由みたい。

「そうだな、今回は……折角だからクレヴァーナのおすすめを持ってきてくれるか？」

「私のおすすめですか？」

「ああ。ここの職員に本をよく紹介してもらっているんだ。私一人だけでは手に取らないようなものも多いからね。クレヴァーナにも聞いてみようと思って」

「かしこまりました」

私はそう答えて、頭の中で図書館内に所蔵されている書物について読んだことのあるものを思い浮かべる。私はいろんなジャンルを読むので、紹介できる本は様々ある。

休日に図書館内で本を読んだりよくしているので、読み終えた本の数は日に日に増えているのだ。

「カウディオ殿下はどのようなジャンルの本がよろしいでしょうか？　例えば今、どういうものを読みたい気分なのかなど些細なことで構いませんが、教えていただけないでしょうか？」

カウディオ殿下の苦手なジャンルの本を紹介するのも……と思い、私はそう問いかけるのであった。

どんな答えが来ても、満足のいくものを紹介してみせるという自信はあった。

「そうだな。最近、砂漠に住まう少数民族の話を聞いたんだ。ああいう自分たちとは異なる文化の暮らしを知れるのには興味があるね。あとは国内で最近発見された新種の植物についても調べてはいる。それと甥たちが読んでいる騎士の物語も読んだりしているね」

私の言葉にカウディオ殿下がおかしそうに笑って、そんな風に告げる。

カウディオ殿下は様々なジャンルの本を読まれる方のようである。私もジャンル問わずに本は読む方だ。辞典や歴史書のような分厚くて読むのに時間がかかるものも夢中で読んでしまう。

カウディオ殿下も同じようなタイプなのかなと思うと、少しワクワクした気持ちになる。こうやって好きなものを共有できる人と会えるのは楽しいことだから。

「それでしたら、おすすめの本を持ってくるので少々お待ちください」

私はそう言って、カウディオ殿下を図書館内の個室に案内して待ってもらうことにする。

この図書館には身分の高い方もよく訪れるため、有料の個室も存在している。カウディオ殿下はこの図書館を訪れた際はよく個室を利用しているらしく、今回も予約を取っていた。

本を探すのは、魔道具を使うとすぐにできる。

図書館に所蔵されている本1冊1冊に、印がつけられている。その印を目印に魔道具を使うと、すぐに場所が分かるようになっているのだ。魔道具というだけでも値が張るものである。

その中でも図書館内で使用されている魔道具は、特に高価なものばかりだ。だけれども、この図書館が国にとって重要な建物と認識されているからか、館内の魔道具は充実している。

私にとって見たことも聞いたこともなかったような魔道具まであって、本当に楽しい。

私がカウディオ殿下に紹介しようとしているのは、ひとまず3冊。

1冊めは、少数民族に興味を持たれているということなので、少数民族がモデルの小説をお持ちすることにする。これに関しては私も昔読んだことがあるのだけど、民族の暮らしを味わうことができるものなのだ。細かい点まで理解ができるというか、読んでいるこちらもその場所で暮らしているような感覚になるというか。これは作者の描写の細かさとかにもよるものだと思う。書き手が誰であるかによって書物の面白さというのは変わっていく。人気の本をいくつも執筆している人は、すごいなと尊敬の念が芽生える。

2冊めは、他国の有名な植物園に関する雑学も踏まえた面白い本だわ。元々その植物園に長年勤めていた方が書いたものだから、読んでいると植物園の歴史なども分かって楽しいものだ。

3冊めは、騎士に関するもの。これは各国の騎士服や鎧などの正装に関する絵がまとめられたものだ。これは騎士に関心のあった画家がまとめたものらしい。こういうものがまとめられている本というのも素敵だと思う。というか、これだけのものをまとめるために作者の画家はいろんな場所へと顔を出していたのだなと思うと、すごいなと思ってしまう。

それらの本を集めて、カウディオ殿下の元へと持っていく。

カウディオ殿下は読書家だという話なので、もしかしたら読んだことがあるものだったりするだろうか？　それだけは心配だけど、ひとまず持っていくことにした。

「こちらの本がおすすめですわ。読んだことはありますでしょうか？　もしそうなら別の本をお持ちします」

私がそう言って本を差し出せば、カウディオ殿下も笑っていた。

「私が見たことのないものばかりだ。どれも面白そうだね」

「それならよかったです。どれも素敵な本なので、楽しんでいただければ嬉しいです。ただ好みが分かれるものもあるので、お好みでなければ別のものをご紹介しますね」

私は基本的にどんな本でも最後まで読む。今のところ、そういう最後まで読めない本はなかった。でも人によっては読み進めていたものの、最後まで読めないという状況もあると聞くもの。

でもこうやって自分がおすすめした本を誰かが読むのはいいなぁと思う。

こうしてこの国にやってきてから、私自身の好きだと言えるものが少しずつ増えてきている。それを誰かに話すのも楽しいことなのだ。

カウディオ殿下が私のすすめた本を読んで好きになってくれたら、その本の話で盛り上がることもできる。本をおすすめするのは良いことだらけだと思う。

「クレヴァーナは本当に本が好きなんだな」

「はい。昔から本を読んでいたので。私をいろんな場所へ誘ってくれるようなそんな感覚になれるので、とても楽しいと思っています。ここには読んだことのない本が沢山あるので、毎日出勤するのも楽しみなんです」

こうやって本が沢山ある場所に勤務できるのは、本当に楽しいことだ。

ずらりと並んでいる本の中には、読んだことのないものも沢山ある。そういう本に囲まれていると楽しいと思う。

好きなものは増えてきているけれど、時間があると本を読みたくなる。故郷にいた頃は、他にやることがなかったから——というのもあるけれど、こうして外に飛び出してみてもやっぱり本を読むことが好きだと私は思う。

「そうなんだね、読むのが楽しみだよ。そうだ、私の方でも本を紹介してもいいかい？」

「はい。もちろんですわ」

カウディオ殿下からの提案に、私は笑顔で頷く。だってまだ読んだことのない楽しい本に出合えるのかもしれないから。

それから私はカウディオ殿下におすすめされた本をメモに書いた。

私が読んだことのない本だったので、どんな内容なのかタイトルから想像するのも楽しみだと思う。

それからカウディオ殿下が読書に励むとおっしゃられたので、私は職員としての仕事に戻るのだった。

休日にカウディオ殿下からすすめられた本を読もうと、そう思う。

「ひとまず2冊は読み終えたのだけど、どちらも面白かったよ」

そうカウディオ殿下がおっしゃったのは、本を紹介した翌日のことだった。

私も仕事のあとにカウディオ殿下に紹介された本を1冊読み終えていた。ちょうど私もその話をしようと思っていたので、先にカウディオ殿下から話を振られてなんだか嬉しくなった。

好きなものについて誰かと語り合えるのは楽しいことだ。

「楽しんでもらえたなら、よかったですわ。私もカウディオ殿下からおすすめされた本を拝読しました。この国で最も大きな商会の始まりの物語というのは、興味深いものですね。伝手《つて》も資金も何もなかったところから少しずつ成長させていった様子が素晴らしいと思いました」

カウディオ殿下のおすすめしてくださった本は、この国で一番の商会の成り立ちにまつわるものだった。

商会長自身が自分の生きた証《あかし》を残したいと、1冊の本にまとめたものらしい。あとはこれから商売を始める方たちのための教訓になればという思いもあったようだ。失敗談も描かれており、読み応え十分だった。

もちろん、一般的に公開できない情報は記載されていない。世の中には周知することができないようなこともそれなりにある。

そういう情報を知ったら、危険にさらされる可能性も高いもの。知られたくない情報があれば、その相手を排除するという強硬を行う人もいないわけではない。

「私もこの本を読んだ時に様々な学びがあり、興味深く思ったんだ。元々ここの商会の製品はお気に入りだったからね。余計《よけい》に楽しく読んだんだ」

「分かります。私は38ページの奥様との会話や156ページの人気の美容液を発明する話、最後に記載されている初代商会長の言葉などにも感銘を受けました」

私がそう口にしたら、カウディオ殿下は少し驚いた顔をした。

「クレヴァーナは、どこのページに何が記載されているかなどを覚えているのか？」

「はい。私、記憶力が良い方みたいなので。それに本を読むことが好きなので、より一層記憶に残るのです」

沢山の人と関わり出してから、私は記憶力が良いことを自覚している。特に好きなことに関してては、他のことよりも覚える。私自身が本を読むことが好きだから、余計に本の内容は頭に残る。

「そうなのか。それは素晴らしい才能だな」

カウディオ殿下はそう言って笑っている。

魔術以外のことを認められる度《たび》に、実家だと本当に魔術を使えるかどうかが全てだったと思い起こす。こうして外に目を向けると、魔術以外の部分もちゃんと価値があるのだと実感する。

「クレヴァーナの紹介してくれた本だが、植物園と騎士服に関する知らない知識を身につけることができて面白いものだった。これだけユニークな本があまり知られていないのは、もったいないな」

「私もそう思います。ご紹介した本を読んだことがある方があまりいらっしゃらないようなので、もっと広まるといいなと思います」

それは本心からの言葉だ。

世の中には文字を学ぶ機会がない人たちも多くいる。貴族として生まれた私の周りには文字が読める人ばかりだったけれど、そういうものなのだ。そういう人たちが文字を読めるようになるといいなとも思う。

だって文字を読むことができる人が増えれば増えるほど、本を読む人も増えるのではないかと思うから。

それからカウディオ殿下と本の話ばかりをした。時折、カウディオ殿下が興味を持っておられることに対する意見を聞かれた際は、私の意見を答えた。私の知識は本で読んだものばかりだけれども、先人たちの知識というのは何かしら役に立つものというのは多いから。

前代未聞《ぜんだいみもん》の事態というのが世の中には起こりうることはあるけれど、それでも過去に起こった出来事と似たような事例はある。そういう場合は過去の事例をもとに対策を練ったりすることができるのではないかなとは思う。……まぁ、私は知識があるだけで実際にそういう対策をしたことなど一度もないのだけど。

実家にいた頃も嫁ぎ先でも私はそういうものに直接関わらせてはもらえなかった。私が何かしらの対策を持ち合わせていても、それを聞いてもらえなかった。ただシンフォイガ公爵領が自然災害に見舞われた際に、使用人に知っている対策をそれとなく口にしたことはあったけれど、そのぐらい。それも実際に使われたかどうかは分からない。外出さえも制限されていた私には確認する術も特になかったから。

言語や知識自体は、勉強すれば学べるものだ。でも実際に行動をするとなるとおそらく知識通りにはいかないようなことが沢山あるのだろうなとは思っている。

領地経営に関する本も興味本位で読んだことがある。シンフォイガ公爵が歴代で行っていた政策なども全て頭の中にある。そういう知識はもしかしたら結婚したあとに役立つかもと思っていて、よく読んでいた。実際は結婚したところで、そういうものには触れさせてもらえなかったけれど。

カウディオ殿下は身分の高い方で、おそらく……私のことも知っている気はする。

それでも私の話を聞いてくれる。そして私に何かを聞こうとはしてこない。それが心地よいなと思った。

クレヴァーナ・シンフォイガの名を知っているからこそ、私がどんな人間か知ろうとはしているのだとは思う。私が噂通りの人間であると問題を起こす存在になるので、それも当然のことだと思う。

でも、なんというか……視線が嫌なものじゃない。

実家で向けられていた魔術の使えない出来損ないを見る家族のような目でも、腫物《はれもの》を扱うかのように遠巻きにこちらを見る目でもない。嫁ぎ先で向けられていた嫌悪や軽蔑に満ちた目でも、私に欠片《かけら》も興味がない無関心な目でもない。

だからこそカウディオ殿下への対応は楽しく終えることができた。互いに本を紹介し合い、その本について話したりして、それで時間は過ぎていった。

今回のカウディオ殿下の滞在期間は2週間だけだったので、そのまま王都へと帰られた。こうやって年に何度か図書館を訪れて過ごすものらしい。お忙しい方なので、次はいつお越しになるかは分からない。楽しく過ごさせてはもらったけれど、カウディオ殿下の担当は毎回違うらしいので、次はこんな風に話すことはないかもしれない。

でも楽しいひと時を過ごせたので、私は嬉しかった。

◆◇◆◇◆

カウディオ殿下が街をあとにしてから、少しが経つ。私の日常は変わらない。ゼッピアたちからはカウディオ殿下を案内したことで何か変わったりしなかったのかと聞かれたけれど、不思議なことを言っているなぁと思った。

今日は休日。

仕事が休みの日は、よく図書館に行って本を読む。休みの日にまで職場を訪れることに驚かれる。

何をするのも自由な時間。最初の頃はそれに落ち着かなかった。自分で全てを決めていいのか心配になった。でも今は外に出るのを咎《とが》められることもなく、自分で稼いだお金で自由に買い物ができる。最初の頃はどこに行くのがいいのだろうかと悩んでいた。

生活に必要なものを買いに行く以外の選択肢を最初は選べなかった。だけど、ゼッピアたちに誘われていろんな場所に行った。そういう外出に慣れてくると、一人でいろんな場所に赴くようになる。

お気に入りのお店も増えていく。

お出かけする度にお気に入りの場所が増えていくというのは嬉しいことだった。なんていうか、ワクワクした気持ちになる。

本で読んだことを実践してみたり、私にとって実家を追い出されてからの暮らしは初めてのことばかりなのだ。

おすすめされた飲食店で一息ついたりもする。

コーヒーを飲みながら一息ついて、購入した本を読んだりするのも楽しい。あとは街の地図は覚えているので、探索をしたりしている。地図の情報が更新されていない場所を見つけるとメモしておいた。更新が追い付いていない状況だと何かあった時困るかもしれないから。

ルソアさんに相談して、治安維持を行っている騎士たちの詰所に報告はしておいた。

そういう細かい点が騎士団に中々報告が行くことはないらしい。皆、そこまでの微差には気づけないのだとか。だから私の報告は騎士たちに喜ばれた。

ルソアさんにはそういう細かい点に気づけるところも、私の長所だとそんな風にも言われた。

今日は最近オープンしたばかりというカフェに一人で来ている。視線を向けられることはあるけれど、故郷にいた時のような嫌なものではない。

私は眼鏡をかけて、胸もつぶしたままで、目立たないようにしているつもりだけど、私の見た目はやっぱり目立つようだった。

それでも嫌な視線ではないので、特に気にならない。

……こうやって過ごしていると、実家にいた頃のような視線を常に向けられていたのはおかしかったのだなと改めて実感する。故郷にいた頃の私は限られた世界しか知らなくて、本を読むことで知識だけはあったけれど――私にとってはああいう視線を向けられるのは当たり前だった。私は今の状況が不思議な気分になるけれど、今の方がきっと普通なんだろうなとも感じている。

カフェで一息つきながら、読んでいるのはこの街の歴史について書かれているものだ。

歴史というのも、読むのが面白いものだと思う。

過去に生きていた人たちの軌跡。彼らの行いが、今を作っているのだ。

それに街の歴史の本は様々な種類がある。一つの出来事に重点を置いたものもあれば、分かりやすく簡潔に起こった出来事について短くまとめられているものだったり、いろいろなのだ。

しばらくそうして過ごしていると、お客さんが並び始めたので別の場所に向かうことにした。

次はどこに行こうか。

そう考えながら、歩く。

周りを見渡すと、本当にいろんな人たちがいる。

あの人は前も同じお店に行っていたなとか、あの人は図書館に何度も訪れているなとか……。

話したことはないけれど、見知った顔の人もよく見かける。

あとはすっかり知り合いになった街で暮らす人たちに声もかけられる。

「クレヴァーナちゃん。今日は休みかい？　うちに寄って行かないかい？」

「はい。じゃあお邪魔します」

花屋の店主の女性に話しかけられて、寄り道をすることにする。

赤、黄、青、白などの色とりどりの花々がそこでは売られている。私はこの店で時折購入しては、部屋に飾っていたりする。部屋の中が花で彩られると気分が良くなる。自分の家を好きなように飾るのも楽しい。よっぽど珍しいもの以外は、花を買うのにそんなにお金はかからない。だから、ついつい購入してしまったりする。

安いからと、綺麗だからと買いすぎている感じはあるけれど、生活を圧迫するほどではないのでいいかなと思っている。

まぁ、ここに来ているのは店主と話すのが楽しいからというのもあるけれど。

「クレヴァーナちゃんは本当に綺麗だよねぇ。それで恋人がいないなんて不思議だよ」

「そうですか？」

「ああ。うちの息子とかどうだい？」

そんな風に言われることは度々《たびたび》ある。私はほとんど屋敷で過ごしていて、人と会うこともなかったので気づかなかったけれどモテているらしかった。

恋はしてみたいとは思っている。だけど……もし、仮に誰かとそういう関係になるのならば、ちゃんと自分で決めたいなと思っている。

実家では親の決めたことに従うのが当たり前だと思っていた。だからそのまま元夫に嫁いだ。そして言われるままに離縁されて、実家から追い出されて――私は一度も自分で選択をしていなかった。

今はそうではなくて、自分の手で決めることができる。

だから周りから言われたからではなくて、自分がそうしたいからと行動できればいいと思った。それは悩むことも大きいけれど、私にとってそうやって選んでいくのは心が躍ることだった。

親しくなった人から紹介された人と会ったりすることは挑戦している。とはいえ、恋と呼ばれるような感情は今のところ芽生《めば》えていない。だから大抵は、ごめんなさいと振ることにはなる。

何度かそれを繰り返していると、紹介されたり告白されたりする数は少し減った。

誰かから好意を向けられ、それを断るのは心苦しい。それでもそういう感情もないのにそういう仲になるのは違うと思う。私と元夫の間にもそういう感情がなかったからこそ、ああだったわけだもの。

故郷では周りから出来損ないだと、家の恥だと言われ続けていた。私の周りには私のことを嫌いか、無関心な人ばかりだったと思う。でもこの街には、驚くほどに私のことを好意的に見ている人の方が多い。

魔術が使えないとか、使えるとか。

その価値はここでは関係がなくて、それよりも他の部分に皆は価値を置いている。

見た目や性格や、能力だったり――。

魔術がそれほど重要視されていないことは驚きだった。私の周りには魔術というものを特別視している人たちばかりだったから。

とはいっても魔術自体に皆、関心を持っていないわけではない。この街にも魔術師と呼ばれる人たちはいる。

花屋をあとにして、私はこの街に勤める魔術師たちが研究の成果を発表している建物に寄り道することにした。

魔術分野において研究というのも重要なものである。私の家族は魔物をどれだけ倒せたかとか、どれだけ強力な魔術を使えたかとか、そういうことばかり言っていた気がする。

特に私に話しかけてくる時にお姉様や妹はいつもそういうことばかり言っていた。２人は私に対して魔法を見せつけることを楽しんでいた。魔術をよく向けられていた。

家族にとっての私の価値は政略結婚の道具としてのものだった。だから直接身体に傷がつくような魔術は向けられなかったし、傷つけられた場合は治療された。治療費がもったいないという理由で顔ギリギリぐらいに向けられることが多かった。私が途中からあんまり反応を見せなくなったから、２人は苛立《いらだ》った顔をしていたっけ。

弟がどういう風に魔術を使っているかはあまり見たことがないので分からないけれど、少なくともお姉様と妹は割と力任せに魔術を使う人だった。それだけ彼女たちは才能に溢れていたから。

私は魔術を使えないから、魔術というものを見るとワクワクする。でも派手じゃなかったとしても人のために役立つ魔術は素敵だと思う。だから一般公開されている魔術に関する研究を見に行くのも好きだ。使えなくても知識を深めることができると嬉しいのだ。

「クレヴァーナさん、こんにちは」

そう言って声をかけてきたのは、ここに勤めている魔術師であるユーガイさんである。

私よりも４つほど年上の彼は、この街でも有名人らしい。時折、こうやって話すようになったのは私がよくこの場所を訪れているからだ。

「ユーガイさん、こんにちは」

「研究を見て何か気づいたことなどありましたか？」

「ちょっと待ってください」

私はそう言って、改めて展示されているものに目を通す。

この展示はまだ若い魔術師が研究したもののようだ。衛生面を保つための、人々の健康を守るための浄化系の魔術である。本にも書いてあったけれど、体を清潔に保つことは健康を守ることへとつながる。戦場などで不衛生な状況に陥ると不健康になり、そのまま命を落としてしまう人もいる。

裕福な人々は清潔に保つことができるけれど、普段から貧しい人たちはそういうことができなかったりもする。これは生活のための魔術である。

「この部分の魔術式が、少し足りないかと思います」

じーっと見ていて気づいたのは、魔術式の一部。細かいところだけど、記憶しているものと少し違うように見えた。

ユーガイさんはそれをまじまじと見る。

「正しいものを描けますか？」

「はい」

私はそう言って紙とペンをもらって、記憶の中にあるものを描き出した。

「なるほど……。確認しておきますね。ありがとうございます。今回もあとで謝礼をお渡ししますね」

ユーガイさんはそう言って笑ってくれる。

私が魔術を使えなくても、魔術について知識があることをユーガイさんたちは知っている。張り出されている研究についてだったり、相談されたことなどで気づいたことがあったらこうして伝えている。

ただ知識として知っているだけのことで報酬なんてと、最初は断ろうとした。私の知識にそんな価値があるなんて思えなかったから。

「そういうものはもらっておいた方がいいわ。正当な評価に報酬をもらわないのはその方が問題になるもの」

そんな風に言われたので、ありがたくもらうことにした。

私は自分が人よりも何かができるなんて思ってもいなかった。魔術を使えない私は無価値だと、そんな風な態度をずっとされてきた。だけど自分の能力は正しく把握して行動した方がいいのだ。

自分を過小評価すると、他の人に不快な思いをさせたりしてしまうかもしれない。

例えば今回の件も私が報酬をもらわないと、同じことで収入を得ようとする人が困ってしまう。

こうして実際に魔術を使う魔術師たちとの関わりを深めていくと、私の知らない魔術についいて知ることができて楽しい。

ゼッピアには「なんで休みの日にまで働いているの？」と言われたけれど、ただ私が楽しんでここを訪れているので働いているつもりはない。報酬はもらってはいるけれど……。

ついでに報酬の代わりに魔術に関する本を貸してもらって読ませてもらったりもする。

あまり外に貸し出ししていないような貴重な本を読ませてもらえるのは嬉しかった。

魔術の知識というのは、扱いが大変らしい。

例えば人の命を奪ってしまうような危険な魔術を知った人がいたとする。その人が好奇心からその魔術を使用しただけでも大惨事になり得る。魔術というのは使い方次第で様々な結果をもたらすものだ。なのでそもそも本当に危険な魔術に関しては最初から知らない方がいい。そう思っているので、私は危険だと思われる魔術に関しては必要以上に学ばないようにしている。

それに関する本もここにあるらしいけれど、流石に読ませてもらっていない。

そもそもそういうものを知りたがるというだけでも、危険人物認定されそうだもの。何かあって、その危険な魔術の使い方を誰かに話してしまうことになったら大変だしね。

だから私が読ませてもらっているのは、一般的に公開されているようなものばかりだ。でもそこからでも分かることは山ほどある。

こんな風に魔術の仕組みを紐解《ひもと》いていけることは、本当に楽しいのだ。

「クレヴァーナさんが魔術を使えたらよかったのに」

私が魔術を使えない体質だと知って残念がる人はそれなりにいる。魔術に関する知識は誰よりもあるので、私がもし魔術を使えれば魔術師として名をはせただろうと。だけど、そんなことを言われても生まれながらの体質に関してはどうしようもないものである。

――もし私が魔術を使えたら。

それは私の家族がずっと、切望していたことだろう。

家の恥である私が、魔術を使えたらと。私自身だって、魔術が使えたらよかったと思ったことはある。でも使えないものは使えなくて、それはどうしようもないことである。

「生まれつきなのでしょうがないですよ」

そう答えている私は、そこまで悲観的な感情は抱いていない。

魔術が使えないのが、私なのだとそう思っているから。

ただ魔術を使えない身の私が、知識があるからと口出してくることを良く思っていない人たちも当然いる。

「クレヴァーナさん、あのようなことを言う人は気にしなくていいです」

ユーガイさんにはそう言われた。様々な人たちと出会うと、こういう風に言ってくれる人も出会うのだ。

こうして街の魔術師たちと深く関わるようになると、魔術を使う人と使わない人の間では明確な隔たりがあるというか、距離があることがよく分かる。

私はどんな人でも魔術について学ぶことはしてもいいと思っている。だけど基本的に魔術を使えない人はそもそも魔術について学問的な意味で学ぼうともしないらしい。魔術を行使できなくても、私のように知識があると何かに役立つことがあるのに。

使えないから理解ができないと、そう思い込んでしまうということなのだろうか。

魔術を使用する能力がなかったとしても、理解する能力がある人が世の中には埋もれていることは十分にありそう。

それに基本的に魔術を他人に教える立場の教師は、自身が魔術を使える人だけのようだ。それもなんだか教師という立場になれる存在を狭めているように思える。魔術を使えない人だってやろうと思えば教師はできると思うのだけど……。

そういう意見を口にした時には、呆れられてしまった。現実味のない話のように思われたみたいだった。

「クレヴァーナだから理解できているだけだ」

そんなことを言う人たちは周りに多くいる。でもそんなことはないと私は思う。

そういう人たちは私だからと括《くく》ろうとする。そうやって決めつけてしまうことは人の可能性を閉ざしてしまうものだ。

魔術を使えない知り合いに、魔術のことを教えてみようかな。もちろん、向こうが教わりたいと言ったらだけど。

だってそうやって知らないことを知っていけることになれば、その人の未来だってきっと広がるのではないかと思う。

私がただ知識を身につけていたのが、図書館で働くことにつながったように。使えないのに学んでいた魔術のことで、気になった点を指摘できるようになったように。――私の今は、読んできた本の中の知識たちによって作られている。

そういうたられぱの話が、もし実現したら――きっと、心が躍るだろうななんて思う。

私は自分でいろんな選択ができるようになってから、本当に毎日楽しんでいるように思える。

全て私が決めて、私が選べる。

それを実感する度になんだか胸が高鳴って、少し興奮した気持ちになる。

魔術師たちの元をあとにして、次はぶらぶらとまた街を歩く。

気になったお店に入っては、欲しいものがあれば購入していく。あとは広場では、大道芸が行われている。体を使ったパフォーマンス。それを見るのも楽しい。

見ていると怪我《けが》をしないかとはらはらするけれど、ああいう仕事もその人自身が選んだものなんだなと思う。

私は故郷を飛び出すまで自分で選択というのをしてこなかったけれど、生きていると本当に様々な選択肢が現れる。そしてどれか一つでも違えば今はなくて――そういう選択を皆はしてきたんだなと思うと、それだけですごいなと思う。

自分の意思で選び続けて、苦労をすることが分かっていても、その道を選ぶ。うん、とても素敵なことだ。

人と会ったり、話したりというのをしてこなかったから知らない生き方を見ると、それも面白い。

その大道芸をやっている男性と話したこともある。どうしてそれを行って生計を立てているのかと聞いたら、「子供の頃に見かけて憧れたから」と言っていた。

そういう、職業についている理由を聞くのも興味深い。

そうやって話しかけていけば知り合いもどんどん増えていく。私、こんなに人と喋るのが好きだったのだなと本当に改めて思う。

街を歩いていると旅人から道を聞かれることもある。そういう時は、ついでにおしゃべりもする。

その何気ない会話の中で、知らないことが確かにある。

私は知識では知っていても、実際のことは知らないことが多いから、いろんな知識が手に入る。朝から夕方まで歩き回ることもよくある。

そういうことをよくしているからか、以前より体力がついたと思う。屋敷にずっと籠《こも》っていた頃に比べると私はとても元気な気がする。

最初の頃は筋肉痛になったりしていたけれど、今ではそんなことはない。

私は短い間で、明確に変化してきていると、そう思う。

故郷にいた頃は、こんな私は想像できなかった。離縁されることがなければ、私はあのまま流されるがまま過ごしていた気がする……。

悪評に曝《さら》されながら、恥だからと外に出させてもらえなくて。

……でももし離縁されなかったら、元夫たちはどうするつもりだったのだろう。それこそ私が寿命を終えるまで私を決めつけたままのつもりだったのか。そういう風に長い時間、私を妻にしておくことが嫌だったから、ああいう行動を起こしたのだと思うけれど……。

考えても仕方がないことで頭をいっぱいにしていても仕方がないと、私は首を振る。

なんにしても、私は変化している今の私のことが好きだと思う。

昔は自分のことを好きかどうかも考えさえしていなかった。それを考えることなど、頭になかった。

何かを好きとか、あんまりなかった。
でも今はこうやって自分も、他のものも好きだとそう思えるようになった。
街をぶらつくと、食べ物だったり、売られている商品だったり、お店だったり、人だったり
――好きなものが増えていくのだ。

◆◇◆◇◆

「クレヴァーナさん、こちら手紙が届いていたよ」

カウディオ殿下をお迎えして、ひと月ほど経ったある日。

カウディオ殿下をお迎えしたのがずいぶん昔なように感じられていたその日に、私の元へと手紙が届いた。

王族や貴族に対する郵便物は直接屋敷へと届くものだ。平民への郵便物は、街の施設に届く。どんな荷物でも同様である。直接家へと届けられるわけではないので、大きな荷物だと運ぶのが大変になる。その場合はお金を払うと運んでもらえるようである。

私に届けられた手紙には、カウディオ殿下の名前が書かれていて私は驚いた。

こんな風に私個人宛に送られる手紙を受け取ったのはあまりない。嫁ぐ前は私に届くものは

なかった。もしかしたら届けられていたかもしれないけれど家族に処分されていたと思う。公爵夫人になったあとは最初は届けられていたけれど、私は社交界に出ることはほぼなかったから途中からは皆無になっていた。

だから不思議な気持ちになった。

ここに来てから仲良くなった人たちとは、いつでも直接話せる距離にいるから手紙を書く必要もないので余計にだ。

遠くにいる家族や友人に皆、手紙を書いたりするものらしいけれど……。

……そう考えるとカウディオ殿下がこうして手紙を下さったということは、私と交流を持ちたいと考えたということだろうか。どちらにせよ、数カ月後とか1年後とかには、またこちらにカウディオ殿下は来るだろう。それよりも前に交流を持とうと思ってくれたのかと、なんだか手紙の内容を読む前から嬉しくなった。

私はカウディオ殿下と本についての話をするのが楽しかったのだ。私は実家を追い出されてただの平民だけど……友達になれたら楽しいだろうな、などとそんなことも考えていた。

家に戻ってから手紙の封を切る。

書かれていた内容は、先日のお礼とこれから手紙のやり取りをしないかという提案。そしてカウディオ殿下が読んだおすすめの本について書かれていた。

すぐに私は返事を書こうと思ったけれど、便箋《びんせん》を切らしていたので購入してから考えることにする。

……自分よりも年下の男性相手の手紙というのは、初めてだ。私は元夫にだって私的な手紙を送ったことはない。弟にもそうだ。……家族相手の親しみを込めた手紙なんてもらったことも送ったこともないんだなと考えて少しなんとも言えない気持ちになる。

小説の中の登場人物たちも、この街で出会ったゼッピアたちも、皆家族へのそういう手紙を書いたことがある。家族じゃなくても友人に対する親愛の手紙だったり……。

私は働き始めてから娘宛ての手紙は書いたけれど、本当にそれ以外は書いていないのだなと、どういう書き出しにすればとか、何か失礼なことを書いてしまわないかとか……少し心配になる。

雑貨屋に向かって、便箋を買うことにする。

種類がいくつかあるので、どれが一番いいのだろうかとそこから悩んだ。

ただこうやって便箋を選ぶのもなんだか楽しい。娘への手紙の便箋を選ぶのとはまた違った楽しさがある。

雑貨屋の店主には「クレヴァーナちゃん、誰かに手紙かい？　はっ、まさか恋文？」と期待したように聞かれた。それには首を振っておいた。

確かに異性相手での手紙ではあるけれど、そういうものではない。

恋というものがなんなのかさえも分からない私は、そんな恋文なんて書けるはずがない。

この街にやってきてから、私は恋文をもらうこともたまにある。情熱的な言葉が並べられているると、驚いたものだった。

それだけ熱い感情を、私は知らない。

便箋を購入したあとは、何をどう書いたらいいか分からなくてゼッピアに相談した。

「カウディオ殿下から手紙が届いたの？」

「ええ」

「殿下はあまり女性に手紙を書かない方だけど……、クレヴァーナが魅力的だから送ってくださったのね」

「そういうのではないと思うわ。気にしてくださるのは……、私の昔をきっと知っているからだと思うわ。もちろん、私自身に関心はあるのかもしれないけれど」

クレヴァーナ・シンフォイガをきっと知っていて、だからこそ考えることがきっとカウディオ殿下には沢山ある。

それも踏まえて、私をただ気にしているだけではないかと思う。

ウェグセンダ公爵家の悪妻と呼ばれ、評判が地に落ちていた私に対してゼッピアが思っているような理由で気にしているありえないもの。

「そうなの……。でもあなたの過去がどうあれ、クレヴァーナはとても魅力的だわ。私にとっての自慢のお友達。それでいて頭が良くて、驚くぐらいの知識を持ち合わせている。そんなあなただからこそ、どんな選択肢だってきっととれるのよ」

「ありがとう」

「もし、殿下があなたの嫌がることをしたらすぐに言うのよ？　館長に言うから。そしたらきっと、どうにでもできるはずだわ」

ゼッピアは私のことを心配してくれているようだ。

カウディオ殿下は誰かに無理強《じ》いをする方ではないけれど、こうやって友人から心配されるというのもなんだか心が温かくなる。

この図書館の館長は貴族の出だと聞いている。図書館の館長という立場だけではなく、貴族の立場まで持ち合わせているので、本当に何かあれば私のことを助けてくれようとするのだろう。

今の私には、味方が沢山いる。

そう考えると、本当になんだってできるような気になった。

「失礼がないように丁寧《ていねい》に書けば問題はないと思うわ。カウディオ殿下の方から手紙をよこしたのだから、少しの失礼ぐらいは目を瞑《つむ》ってくれると思うけどね」

ゼッピアがそう言ってくれたので、ほっとして、だけど丁寧に書くように気をつけながら手紙の返事をしたためることにした。

カウディオ殿下への最初の手紙は、とても堅苦しい文章になってしまった。王族相手なので、丁寧に書いた方がいいだろうとそう意識すると、本で読んだ最上位の方向けへの手紙として書いてしまったというか……。逆に変に思われてしまうかもしれない。

書いている内容と言えば、私もカウディオ殿下と話したことが楽しかったこと、手紙のやり取りを承諾すること、そしてカウディオ殿下が興味を持たれそうな本についての紹介。ただそれだけである。

これらの内容を堅苦しい文章で書く人なんてあまりいないだろうな、なんて考えるとなんだかおかしくなってしまった。

書き終えたその手紙を、高揚感を感じるがままに出した。

出したあとにもう少し書き方変えた方がよかったのではないかなどと、そんなことを考えてしまった。

それでも出してしまったものは仕方がない。……あまりにも書き慣れていない、堅苦しすぎる手紙にカウディオ殿下は何を思うだろうか。

嫌われたくはないな……とは思った。

故郷では最初から私は皆に疎まれていて、ゼロ以下の関係で成り立っていた。カウディオ殿下は、過去の私を知っていても少なからず私に好感はあると思う。少なくとも嫌われてはなさそうだった。そこから、反転したら……悲しいかもしれない。

私は人と関わり合うことをこれまでしてこなかったからこそ、そんなことで考え込んでしまう。

「クレヴァーナ、どうした？　そんな辛気《しんき》臭い顔をして」

カウディオ殿下からの返答は、どんなものになるだろうか。そんなことばかり考えていると、顔に出ていたらしい。

出勤した時に、コルドさんにそんなことを問いかけられてしまった。

私は一瞬、コルドさんに相談するかどうかを悩んだ。だけど、相談してみることにした。

私がカウディオ殿下に手紙の返事を送ったこと。そしてそれがあまりにも書き慣れない、堅苦しいものになってしまったこと。それで不快な思いをされてしまったら、どうしようと考えてしまったこと。

それらのことを告げると、コルドさんには笑われた。

「ははっ。そんなことは何も心配する必要はない。カウディオ殿下から手紙を送ってきたのなら、そのくらいで不快になるはずがないだろう。クレヴァーナは可愛いやつだよなぁ」

コルドさんは楽しげである。……私がこんなことで悩んでいることがおかしくて仕方ないのだろうか。そして続ける。

「まぁ、堅苦しい手紙に対して疑問でも提示されてば『嫌われるのが嫌で悩んでこんなものになりました』と書いたら、それだけでカウディオ殿下は悪い気はしないと思うぞ」

「そうなんですか……？」

「そりゃそうだろ。男なら自分より年上の綺麗なお姉さんの可愛い部分を見たら多分、ときめくぞ」

「えぇ……？」

よく分からないことを言われて困惑する。

というか、悩んでこうなったというのが可愛いになるのだろうか？　私にはそのあたりはよく分からない。

「クレヴァーナは結婚していたっていうのに、そういうのが本当に分からないよな。不思議だ」

「そういうのって、男女関係のことですか？　分からないですよ。結婚は経験しても、恋愛は経験したことありませんもの」

普通なら恋愛を経験して、それから結婚するものだと思う。

王族や貴族だって恋愛をして結婚することはあるだろう。いくら政略結婚だったとしてもその後、愛や情が芽生えたりすることもよくある話らしい。

……ただ私にはそのどちらも無縁だった。

私はあの時の、自分の状況が当たり前だと思っていた。歩み寄ろうという行動が足りなかった。

元夫は私という悪評に満ちた妻に対する興味がなかった。特に元夫の周りは私に元夫が誑《たぶら》かされないようにしなければと徹底していた。

そういう結婚生活だったので、そういう恋と呼ばれるようなものは本当に知らない。

嫁ぐ前も嫁いだあとも、私の世界はずっと狭くて……恋をするほど、多くの人には会ってこなかったのだと思う。

外に飛び出してみれば、思ったよりもずっと沢山の人たちがいて。

想像していたよりもずっと、私に優しい世界だった。もちろん、それは過去の私のことを知らないからというのも大きいだろうけれど——世界は驚きでいっぱいだ。

これだけ多くの人たちがいる中で、どうやって結婚相手を人は見つけるんだろう？　なんてそんなことまで考える。

さて、そんなことを考えながら過ごしていると……カウディオ殿下からの返信が届いた。

その手紙を前に、私は緊張していた。

何が書かれているのだろうか。私の手紙を読んで、カウディオ殿下は不快な思いをされなかっただろうか。

ううん、そもそも本当に嫌だったならば……こうやって返信さえもくださらないはず。ならば、問題はない。

だけど少し緊張して、深呼吸をしてから手紙を読んだ。

「ふふっ……」

その手紙を読んで、私は思わず笑みがこぼれる。

そこに書いてあったのは、私が不安がっていたようなものでは全くなかった。私の堅苦しすぎる手紙に対するお言葉。面白がってくださっているようで、「今後の手紙はクレヴァーナも疲れるだろうから、もっと砕けたもので構わない」と書かれていた。

私がおすすめした本を早速お読みくださったみたいで、それの感想もびっしり書かれていた。

こういう誰かが自分のおすすめした本を読んで、こんなに心を動かされたのだという証が手紙として残っているのは、とても素敵だなと思った。

なんだかもうすっかり、この手紙は私の宝物のような感覚だ。

私もカウディオ殿下からおすすめされた本を読み終えていたので、その感想を綴《つづ》ることにする。

……あまりにも長文で書いたら流石に引かれる可能性が高い？　とそう思ったけれど、カウディオ殿下だって溢れんばかりの本の感想を送ってきているので、きっと同じぐらいは書いても問題がないはず。

そう結論付けて、結局書いていると楽しくなったのもあり、かなりの枚数になった。

カウディオ殿下から紹介された本は、とても興味深いものばかりだった。私の知らない知識を教えてくれるもの。

教えてもらわなかったら手に取らなかったであろう内容の本も多くて、それだけでも良い刺激になる。

私は、そういう知らないことを知ることが好きだから。

カウディオ殿下は王族としてお忙しい方だと思う。それでもこれだけ本を読んでいるのは本を読むことがそれだけ好きだからだと思う。

そう考えると、なんだか楽しい。同じぐらいの熱量で本を読んでいる人と、こうやって文通でやり取りができるなんてワクワクすることだもの。

この街から王都まではそれなりに距離がある。それに、カウディオ殿下は忙しい方なのでひと月やふた月の間、手紙が届かないこともあった。

……王弟という立場はそれだけ忙しいのだと思う。

私は公爵令嬢として生まれはしたものの、本当にその血を継いでいただけで……貴族としての責務はやらせてもらえなかった。私が知識でしか知らない忙しさ……。それをカウディオ殿下は沢山こなしているのだろう。

シンフォイガ公爵家の血を継ぐものとして、子を産む存在としての役割だけを私は与えられた。

ウェグセンダ公爵家の直系は、娘が産まれるまで元夫だけだった。

それもあって強い血を引く直系が求められていた。その結果、私はこの体に流れる血を求められた。

魔術の使えない、出来損ない。存在する価値のないシンフォイガ公爵家の恥。

そう家族たちに断定されていた私は、家族たちからしてみれば家にとって都合の悪い噂を全て押し付けられる生贄《いけにえ》か何かのようなものだったのだろうか。……うん、その言葉がしっくりくる。

家族は私を役立たずだと言っていたけれど、私がいたからこそそのこともあったのではないかとは思う。

私にとって本の中でしか知らない、私が関わらせてもらうことのなかった華やかな貴族の世界。実際にはその世界はどういうものなのだろう？

平民として生きている私は貴族社会に関わる予定はないけれど、興味本位で少しは覗《のぞ》いてみたいなとは思った。

そういう興味から本の話題を書くついでに、貴族のパーティーとはどんなものかとか、王都はどれだけ栄えているのかとか、世間話も記載した。

カウディオ殿下は私が何気なく聞いた世間話に、丁寧に答えてくれる。

私がクレヴァーナ・シンフォイガだと知っている身からしてみれば、貴族だったはずなのにそんなことも知らないのかと疑問に思っているかもしれない。

……私の噂はこの国にも少しは流れているだろう。でも故郷の国の人々でさえも、本当の私なんて知らないのだ。この国の人々が私を正しく分かっているはずがない。

私って、カウディオ殿下からしてみればいろいろと不思議な存在なのかも。

だからこそ、こうして興味を抱いて手紙を交換してくださっているのかもしれない。でもカウディオ殿下は特にクレヴァーナ・シンフォイガについては聞かない。私自身のことを聞いてくるだけだ。

また、国内で困りごとがあると、何か知らないかと書かれていたこともあった。

役に立つかも分からない本の知識を記載して送った。その知識は役に立ったみたいで、お礼をもらった。

あとはカウディオ殿下から私自身のことを聞かれて、他愛もないことを書いて送ったりしている。おすすめのお菓子の話とか、最近作った料理の話とか。

そういう何気ないやり取りが私は楽しみだった。カウディオ殿下から手紙が来るのを心待ちにしている私がいた。

向こうもそう思ってくれていたら嬉しいな。

そんなことを思いながら、手紙のやり取りだけをする。直接お会いすることが叶ったのは……出会ってから半年も経ってからだった。

◆◇◆◇◆

「久しぶりだね、クレヴァーナ」

「はい。お久しぶりです。カウディオ殿下」

半年ぶりに図書館を訪れたカウディオ殿下とお会いした。

元気そうな様子を見ると嬉しくなった。

それにしても会うの自体は2回目だけれども、そんなに久しぶりな気はあまりしない。それはこれまで手紙でやり取りをしていたからだろうか。

「半年ぶりだが、手紙でやり取りしていたから久しぶりな感じはしないな」

カウディオ殿下も同じことを考えていらっしゃったのか、そう言う。私はその言葉に思わず笑ってしまった。

「どうしたんだい？」

「いえ、同じことを考えていたのだなと。私も散々、お手紙でやり取りをしたので久しぶりには思えませんわ。それどころか、まだ会うのも二度目なんて……信じられない気持ちでいっぱいです」

本当にまだ、二度目なのだなと思うと不思議だ。

長文の本の感想や、何気ない日常についての話。

そのようなものをびっしり手紙に記載して、やり取りをしていた。だからか、なんだかカウディオ殿下のことを私はよく知っているようなそんな気分にさえなる。

いえ、でもそんなことはきっとないのだ。

私が知っているのはカウディオ殿下の、一面でしかない。王族として立派に責務をこなしておられる姿など、そういうものを私は知らない。

一面だけを知って全てを知っているつもりになるなんて、おかしなことなのに。でもカウディオ殿下と仲良くなっていると思ってしまっている。私は今の状況を嬉しく思っているのだと思う。

それに私自身も、カウディオ殿下に対して全てをさらけ出しているわけではない。

「そうだね。私も同じ気持ちだよ。手紙でクレヴァーナのことを教えてもらえたからね。もっと昔からの知り合いのような、そんな感覚になるよ」

カウディオ殿下はそう言って笑ったかと思えば、従者に何か指示をして一つの袋を渡されている。……なんだろうか？　と思っていたら、カウディオ殿下は笑って言う。

「クレヴァーナ、手を出して」

「え？　はい」

突然なんだろうと思いつつも、言われるがまま手を出す。そうすれば袋ごと手に載せられる。

「クレヴァーナへの贈り物だ」

「私への……贈り物ですか」

贈り物と言われて私は驚く。

私はそうやって誰かから何かをもらうことに慣れていない。

私がこの街にやってきて1年経っているので、その間にあった誕生日では周りがお祝いしてくれた。でも、そういう特別な日以外で何かをもらうのは初めてかもしれない。

そもそも実家にいた頃は私個人宛にもらうものなんてなかった。嫁いでから、公爵夫人宛のものはあったし、義務的に元夫から誕生日祝いはもらったりしたけれど……だけどそれは私自身に贈られたものではない。

「変な顔をしているな」

「……あまりこうやってものをいただくことはこれまでなかったので。それより開けてもいいですか？」

「ああ」

カウディオ殿下は楽しそうに笑っている。

そんなカウディオ殿下に見守られながら私は袋を開ける。そこに入っているのは1冊の本である。

「まぁ！　『姫様の憂鬱』ですね。この表紙は珍しい初版のものでは？」

そこに入っていたのは、私のお気に入りの小説である『姫様の憂鬱』だった。図書館の面接の時もこの本の話はした。ただし私がこれまで読んだことのあるものとは様々な部分が違う。

表紙の絵が違ったり、装丁《そうてい》が異なる。

これは噂に聞く流通の少ない初版である……！

私の表情はきっと、生き生きしたものになっているのだろうなという自覚はある。

「喜んでもらえたようでよかった。表紙の部分、めくってみて」

興奮した私にカウディオ殿下はそう告げる。なんだろうかと思って、めくってみる。

「えっ。これって……サインですか⁉　私の名前まで入っているのですが‼」

驚いたことに、そこには作者のサインが入っていた。しかも、私の名前入りである。

初版で、それもサイン入りだなんて……本当に貴重なものだわ。

その貴重さを実感して呆然《ぼうぜん》としてしまう。まさかこんなものを手に入れることができるなんて。

「クレヴァーナが好きだと書いていたからな。折角だから、サインをもらってきたんだ」

カウディオ殿下にそんなことを言われて、私は今までにないぐらい嬉しくなった。この贈り物の本も嬉しい。でも……それよりもカウディオ殿下が私のために選んでくれたということが嬉しい。

胸が温かくなって、ぽかぽかしている。

「ありがとうございます。カウディオ殿下。とても嬉しいです」

私がそう言って笑いかければ、一瞬、カウディオ殿下の表情が変わる。

「どうかしましたか？」

「……いや。それと、話を変えるが一つ言っておくことがある」

「言っておくことですか……？」

「ああ。君に関することを一つ耳にしたのだ」

私に関わることと言われて、何を言われるのだろうと身構える。

先ほどまでと少し雰囲気が変わった。おそらく、良い話とは言えないのだろうなとは思う。

「――ウェグセンダ公爵が再婚したそうだ」

カウディオ殿下はそう言って、私の反応を見るかのようにこちらを見ている。

久しぶりに聞いた嫁ぎ先の家名に、私は驚いた。

……それにしてもやっぱり、カウディオ殿下は私がウェグセンダ公爵から離縁されたクレヴァーナ・シンフォイガだと知っていたのだ。

私と離縁して1年。その間、ウェグセンダ公爵家がどうなっていたか、私は知らない。

そもそも妻であった時から、私は嫁ぎ先の情報に関わることは全くなかったけれど……。

ウェグセンダ公爵家のことを私はある程度しか知らない。悪妻である私にあまり領地について関わらせたくないと、彼らは思っていたのだ。私はそんな彼らとぶつかり合ってまで、知ろうとしなかった。

……本当に昔の私はなんて無気力だったのだろうかと、なんとも言えない気持ちになる。今の私からするとあれだけ何もしないという選択を取っていたことが信じられない。

「やっぱりカウディオ殿下は私のことをご存じだったのですね」

私がそう言えば、カウディオ殿下はくすくすと笑っている。

「まぁ、隣国の公爵家の情報ぐらいは王族として知っているよ。クレヴァーナは私が君を知っていることが分かっていたんだな」

「態度で、なんとなくは。それに王族ならば、そういう情報を知っていてもおかしくないですもの」

私はそう答えながらも心穏やかだった。

私自身、過去のことや嫁ぎ先のことを聞かれた際にはもっと動揺するかもしれないと思っていた。だけどそうならなかったのは……、私にとって過去よりも現在の方が大切だからかもしれない。

それにカウディオ殿下が過去の私のことを知っているのにかかわらず、何か関係性が変わるというわけではないということにほっとしたのかもしれない。

「思ったよりも冷静だな」

「もっと動揺すると思っていましたか？」

「少しは」

「……私も思ったよりも自分が冷静で驚いています。正直、元夫が再婚したことは特に何も感じていないです。ただ娘がそれでどういう思いをしているかというのだけは気になります」

元夫に関しては再婚したと聞いてもショックなどはなかった。仮にも夫婦だったのに私は薄情なのかもしれないな……などと思う。

ただ娘のことだけは気になる。ラウレータは元気にしているだろうか。新しくできた母親と仲良くしているだろうか。ただそれだけを考えた。

「娘か……」

カウディオ殿下は少し変な顔をしている。そして続ける。

「クレヴァーナを見ていると、５歳の娘がいるようには見えないな」

「褒めてます？　ありがとうございます」

「それにしても噂のクレヴァーナと、実際のクレヴァーナは全く違うな」

「そうですね。私が知らない間に広まっていた噂なので、私からしてみればあずかり知らぬことですが」

噂の私と、実際の私。

それは全く異なるものである。

そもそも私は昔と比べて変化してきている。あの状況が当たり前だったと思っていたあの頃の私と、今の私は違う。

今の私は故郷と同じ状況に陥ってしまえば、反撃し、抵抗するだろう。

「クレヴァーナほど有能ならば、噂をどうにかぐらいできた気がするが」

「もしかしたら……やろうと思えばできたかもしれません」

私はカウディオ殿下から問いかけられて、そう答えた。

私はやろうと思えば、あの頃の現状を変えることができたのかもしれない。本気でどうにかしようとして、抵抗し続ければ……噂をどうにかすることぐらいできたと思う。

周りからしてみれば私は取るに取らない存在で、現状をどうにかしようとするような気力もなかった。そして助けるだけの価値がないと、きっと思われていた。

そうじゃないのだと、行動したら違ったかもしれないのだ。

「そうなのか？」

「そうですね。今考えると私は噂を本気でどうにかしようと行動していなかったと思います。今の私よりもずっと何も考えてなかったですから」

私は改めてそのことを思う。

謂れのない噂を流されていたこと、そして実家と嫁ぎ先のこと。それに対しては思うことはいろいろとある。過去の私はそのあたりのことも気にかけるだけの意思がなかった。ただ受け入れてしまって、全く自分自身で行動を起こそうとはしなかった。

「なるほど……。昔の君に会っていたら、それはそれで面白かっただろうな」

「いえ、おそらく故郷にいた頃の私を見てもカウディオ殿下は興味を抱かないと思いますよ」

本当にそう思う。

今、おそらくここにいる私だからこそ、カウディオ殿下はこうして友人のようになってくれているのだと思う。

私の言葉にカウディオ殿下はおかしそうに笑っている。

私の反応とかを面白いと思ってくださっているのかもしれない。

「ひとまず、元夫のことを教えてくださりありがとうございます。私には祖国の情報はそんなに入ってきませんから」

私はそう言って話を変えることにする。

いつまでもこういう会話をし続けるよりも、もっと違う話をしたいと私は思った。

「それより折角顔を合わせられたのですから、本の話をしましょう。私、カウディオ殿下におすすめしたい本が沢山あるんです」

私がそう言って笑えば、カウディオ殿下も笑ってくださる。

それから私たちは本の話をするのであった。

こうやって共通の本の話を声に出してできることは、とても楽しいことだった。

「では、今日はこれからおすすめされた本を読むことにするよ」

「はい。では、また」

その後はカウディオ殿下はまた個室で本を読むことになされたので、私は仕事に戻るのであった。

これからしばらくの間カウディオ殿下はこの街に滞在なされるそうなので、その間にどれだけ話せるかなとそれが楽しみだ。


「クレヴァーナは明日休みなのだろう？　よかったら私の滞在している別邸に遊びに来ないか？」

そのようなことを言われたのは、カウディオ殿下の滞在中のある日のことだった。

カウディオ殿下は私の仕事が本日休みであることを把握してくださっているみたいだった。

こんな風にお誘いを受けると思っていなかったので私は驚いた。

それと同時に、私は嬉しさを感じていた。

「よろしいのですか？」

「ああ。別邸にはクレヴァーナの興味を持つ本がいろいろある」

「なら、お伺《うかが》いさせていただきますわ」

私とカウディオ殿下の関係性に特に変わったところはない。カウディオ殿下が過去の私のことを知っていたということが分かっても……そのままである。

というより過去の私も、今の私も知った上でそういう態度なのは、とても心地よい。

だから私はカウディオ殿下からの申し出に応じた。

カウディオ殿下はこの街にいらっしゃる時は、王家所有の別邸で過ごしているらしい。

王族や貴族というのは、自分たちの住まう場所以外にもそういう場所を所有しているものだ。私の実家もそういうものを所有していたらしいとは聞いたことがある。私は連れて行ってもらったことはないけれど、休暇の時にはそういう所で休むものらしいのだ。

「私、知識としては知っていても王族の所有する別邸にお伺いするのは初めてです。何かマナーが間違っていたりしたら教えてくださいね。明日までに何かしら役に立ちそうな本を読んでおきます」

「そこまで気にしなくていい。あくまでプライベートなものなのだから」

そう言ってもらえはしたが、会話を交わしたあとに私はマナーなどの載っている本を読んでおこうと決意した。

一応、興味本位でそれらに関する本を前に読んだことはあるけれど……。カウディオ殿下の周りにいる方に不快な思いはさせたくないなとは思う。

カウディオ殿下は私の過去を把握していても変わらないけれど、他の人たちはどうなのか分からない。……私がクレヴァーナ・シンフォイガだと知ったら、こうやって友人関係を続けていられなくなる可能性もあるのだろうか。

そうなったら悲しいなと思う。

「クレヴァーナ、カウディオ殿下から別邸に誘われたのでしょう？　順調に仲良くなっているようで良いことだわ」

「私の興味を持つような本があるからと誘ってくださったの。楽しみだわ」

ゼッピアの言葉に私がそう言えば、彼女は楽しそうに笑っていた。

「クレヴァーナが楽しそうで私は嬉しいわ。これから、もっと距離を縮めることができそうね」

「それはどうかしら……？」

このまま楽しく会話を交わし続けられる仲でいられるのならば、それはとても楽しいことだと思う。

だけどこの関係性はおそらく、カウディオ殿下からの興味がなくなれば終わるものだ。それに私のことを知って周りは友人に相応しくないと、そう言ってくる人もいるかもしれない。

嫁ぎ先で元夫の妻に私が相応しくないと言われた時のように。

憧れとか好意とか、そのような感情を抱いていればいるほど、その存在を慕う者たちは周りに敏感になる。おそらくこの人にはこういう人が似合うとそう決めつけているから。そういう人とでないと仲良くしてほしくないとそう思っているから。

……そういうのは本人が決めることだとは思うけれど、周りの人から諭されたらカウディオ殿下は私と文通を交わす仲をやめるかもしれない。王族である彼にとってみれば、悪評のある私と進んで関わる意味はないはずだから。

「クレヴァーナ、大事なのはあなたがどうしたいかだからね？」

「私がどうしたいか？」

「ええ。だってあなたは受動的な面が大きいと思うの。館長から頼まれた仕事もほとんど断らないでしょう？」

そんなことを言われて少し複雑な気持ちになる。

今の私は、前の私よりもずっと行動的だと私自身は思っている。それでもまだまだそう見えるようだ。

……そうなると、昔の私を見たらゼッピアはもっと驚くのだろうなと思った。

「これでも私は昔よりはずっと行動的になっているつもりだけど……。それに館長からの頼みごとは私自身ができると思ったからやっているだけだもの」

「それをもっと断っていいと思うのよ。できるかできないかじゃなくて、頑張りすぎると疲れちゃうもの。そういうのも含めて受け入れすぎなくていいと思うわ」

「そうかしら……？」

「そうよ。だからね、クレヴァーナがカウディオ殿下と親しくしたいと思っているのなら、それを続ければいいだけの話なの」

「でもカウディオ殿下が私に興味を抱いているのは、多分、ここに来るまでの私をご存じだからよ」

「それがきっかけだったとしてもそれだけではないはずよ。だってクレヴァーナと話せば、あなたがどれだけ素敵な女の子なのか気づくはずだもの」

ゼッピアや他の人たちも、私のことを過剰なほどに褒めてくれる。私はそれを言いすぎだと思うけれど、そうではないのだとゼッピアたちは1年間繰り返し告げていた。

1年経過しても私はそれに慣れない部分はあるのだ。でもそうか……。私だから仲良くしてくれているのならば、嬉しいなとそう思った。

それからゼッピアに「別邸に向かう際に気をつけることはあるか」と聞いたら、何も気にしなくていいと笑われた。

◆◇◆◇◆

「ようこそ、クレヴァーナ」

私がカウディオ殿下の別邸へと顔を出すと、カウディオ殿下が直接迎えてくださった。

王族たちの過ごす別邸の一つだけあって、その建物は大きい。それでいて華美である。

その建物に仕えている使用人たちは私を見ても顔色一つ変えない。主のお客さんに対して態度を変えるようだとプロとは言えないのだろうなとも思う。

……まぁ、私の昔のことを知らないからかもしれないけれど。

でもこの屋敷の使用人たちは、私のことを知ってもこうなのではないかと思っている。

実家に仕えている者たちは仮にも公爵令嬢であったはずの私に対する態度が、プロとは言えなかったなと思う。それに関しては実家の家族たちの態度に倣《なら》っていただけだったかもしれないけれど。

嫁ぎ先の公爵家の者たちは私と特別話そうとはしなかったけれど、仕事だけはきちんとしている人が比較的多かったかもしれない。

貴族の屋敷に仕える使用人に関しても、様々な人たちがいるのだ。

そんなことを考えながらカウディオ殿下に案内してもらって、書斎へと向かった。

「本が沢山ありますね……！」

目の前には沢山の本が並べられている。それを見ただけで、私の気分は高揚する。

だってこれだけ壁一面に並べられている本棚に、本が敷き詰められているの。背表紙のタイトルを見渡すだけでも、面白そうな本が沢山あるのだ。

「早速お読みしてもいいですか？」

「ああ。私も読もう」

そうして2人で本を読むことになった。

書斎を見て回って、読みたい本を探す。

その中には興味を引くタイトルのものも多くある。それに珍しい言語の本や長編の小説のシリーズが並べられていたり……私の勤めている図書館とはまた違ったラインナップだった。

そこから数冊手に取って、椅子に腰かけて読み始める。

そのまま読書に没頭した。

実家にいた頃、こうやって夢中になって本を読んでいた。他にすることもなく、私の話を聞いてくれる人のいない世界で、本だけが私と対話をしてくれていたというか……そんな感じだった。

それにしてもこうやって休日に本に囲まれて、心地よい空間で本を読んで過ごせる。

なんて楽しい時間だろうかと思った。

「クレヴァーナ」

しばらく本を読んでいると、ふいに声をかけられる。

「なんですか？」

「そろそろ休憩しようか。喉《のど》が渇《かわ》いてないか？」

気づけば2冊ほど読み終えており、確かにカウディオ殿下がおっしゃるように喉は乾いていた。

カウディオ殿下が指示していたのだろう。侍女の一人が書斎に入ってきて、飲み物を置いてくれる。

読書をして、ほっと一息ついて、喉を潤して。

とても優しくて、穏やかで、心地よい。

「カウディオ殿下はなんの本を読まれましたか？」

「私は……」

そうして1冊の本を見せてくれる。それはとある国の文化に関する本だった。表紙や目次を見るだけで興味をそそられるような面白そうな本だった。

私が2冊読む間に1冊のみだったことに驚く。カウディオ殿下は話を聞いている限り、本を読むスピードが速い方だ。だから他のことでもしていたのだろうか？　などと思う。

そのことを口にすれば、「クレヴァーナと一緒に読書をするのは初めてだからな。少し見ていた」などとよく分からないことを言われた。

私とカウディオ殿下は手紙のやり取りは散々していて、互いにおすすめの本は読み合っているけれど、一緒に読書はしていなかった。カウディオ殿下が図書館に来られる時は仕事中だったもの。

私もカウディオ殿下が本を読んでいる様子を眺めればよかったかもしれないなどと思った。一息ついたあと、また読書が再開するのならば眺めようかな？　私も読書していたところを見られているから、私も見てもいいだろうとそんな風に思う。

だけど、

「ずっと座りっぱなしも体に悪いから散歩でもしようか」

とそんな風に誘われた。

カウディオ殿下の読書姿を見られないのは残念だけど、確かにずっと座りっぱなしも体には悪いだろう。

それにカウディオ殿下と一緒に散歩をするのは楽しそうだ。

そう思って、私は頷いた。

この別邸にはカウディオ殿下は時折しか訪れない。だけれども庭園は常に綺麗に整えられているようだ。

この屋敷の管理をしている使用人たちは、カウディオ殿下のことを慕っているのだなと思う。だからこそカウディオ殿下がここを訪れた時に楽しめるように整えている。

それがとても素敵なことだなと思えた。

カウディオ殿下はきっと良い主で、使用人たちは彼を慕っていて。

理想的な主と仕える者の関係なのだと思う。

なんというか、とても落ち着く。

「クレヴァーナは好きな花とかあるか？」

赤、黄、青、白などの色とりどりの花々が庭園を彩っている。なんて綺麗なのだろうと、私の心は踊った。

「そうですね……強いて言うなら、アリッサムの花ですかね」

娘であるラウレータが、その花を好きだと言って笑っていたのを思い起こす。

ウェグセンダ公爵家の庭も色とりどりの花が咲いていた。私は娘と一緒にしか庭に出ることもなかったな。

嫁ぎ先の使用人たちもきっと、元夫のことをとても慕っていたのだと思う。

だからあの家の庭も綺麗に整えられていたのだろう。寧ろ慕っていたからこそ、皆、私という妻が許せなかったのだろう。

ラウレータと一緒に庭を歩くのは楽しかった。

『おかあさま、このお花、綺麗だね』

そう言って笑っていたラウレータのことを思い起こすだけで、頬が緩んだ。

この庭園にも娘が好きだと言っていたアリッサムの花が咲いている。それを見るだけで心が温かくなった。

「またあと数日したら王都へと戻るよ」

庭を歩きながら会話を交わして、ふとカウディオ殿下がそう言った。

「そうですか。寂しくなりますね」

それは心からの言葉だった。

この穏やかな空間が心地良くて、実際に対面して言葉を交わせることが楽しいと思っているから。きっとこのままお別れしたら、次に会うのはまたずっと先なのだろうなと思う。

それが少しだけ寂しいと思ってしまった。

「クレヴァーナはこれからどうする予定なんだ？」

「どうする……とは？」

聞かれた言葉の意味が分からなくて、私はそう問いかける。

カウディオ殿下は楽しそうに笑って、私に向かって続ける。

「君はとても優秀だ。多言語を操り、記憶力が良く、その知識は多様な場所で活躍をすることができる」

「あ、ありがとうございます？」

突然、褒められて恥ずかしい気持ちになる。嬉しいのだけど、どういう意図でそういうことを言っているのか分からない。

私が動揺をしている目の前で、カウディオ殿下は相変わらず楽しそうである。

「だから、君が望むのならば、きっとなんにでもなれる」

カウディオ殿下はそんなことを言った。

「なんにでも……ですか？」

なんにでもなれるなんて、言われてもぴんとはこない。

私は私自身のことをそんな人間だとは思っていない。この街に来て褒められることが多かったけれど、そこまで言われるほどだとは思えていなかった。

確かに私は昔より行動的になって、なんでもできるような気にはなっていたけれど――。

だからといってカウディオ殿下にそこまで言われるほどの存在だと、自分のことを思えなかった。

「クレヴァーナは自分のことを過小評価しすぎだよ。兄上にも君の話をしたら興味を持っていた」

「国王陛下が、ですか？」

国王陛下という雲の上の存在を話題に出されて、ますます驚く。

カウディオ殿下は王弟という立場なので、当然、国王陛下にも私のことは報告しているだろう。私はそれだけ警戒するべき噂の流れている存在なのだから。

でも私の話をしたからといって、スラファー国の国王陛下が興味を持つなどとは思ってもいなかった。

「そうだよ。クレヴァーナはそれだけ周りから関心を持たれる存在なんだよ。君が自分をそれだけ評価できないのは、隣国でのことが原因だろうけれど……もっと自分に自信を持って、評価していいと思う。手紙でもらった知識も、とても役に立った」

「……ありがとうございます」

他でもない、昔の私と今の私を知っているカウディオ殿下から言われる言葉はなんだか重みが違う。

嬉しい。心がポカポカして、温かさがじんわりと広がって、興奮した気持ちになる。

カウディオ殿下の紡《つむ》ぐ言葉はまるで魔術の一種のようだ。

私の気持ちを、こんなにも高ぶらせてくれる。

「だから君が望むなら、別の働き口を紹介するよ。王城でもいいし、他の国が経営している機関でだって……私は君のことを推薦《すいせん》できる」

「……私を、紹介ですか？」

「ああ。君にはそれだけの価値がある。私はクレヴァーナなら、どこにだって推薦できる。とはいえ、流石に危険なことは止めるけど」

それは紛《まぎ》れもない信頼の言葉なのだ。

私自身のことを認めてくれて、心からそう思ってくださっているからこそのもの。

……嬉しくてなんだか不思議と泣きそうになる。

ぐっと涙をこらえて、ごまかすように私は笑った。

「カウディオ殿下にそこまで評価していただいて嬉しいです」

ただただ嬉しい。私の頭の中はそればかりだ。

「もっと私は自分に自信を持ってみようと思います。その上で、私がどうしたいか考えてみます。だから、お時間をいただいてもいいですか？」

告げられた言葉は嬉しくて、だからそのまま手を取ってしまいたくなった。

だけれども自分自身のこれからに関わることなのだから、その場で勢いに任せて行動すべきではないと思った。

……それに、このままカウディオ殿下について行ったら離れられなくなりそうな予感がした。

そう、気づいてしまったのだ。

私自身がカウディオ殿下のことを特別に思っていることを。先ほどの言葉も含めて、嬉しくて仕方がなくて、好ましく思っているのだなというのが実感できる。

それがどういう意味合いのものか、私自身にも分からない。

でも実際の私がどうであれ……、私がクレヴァーナ・シンフォイガという悪評を流されていたことには変わりがない。だから考えた上で選択しなければならないと思っている。

「もちろんだよ。良い返事を待っている」

私がお誘いを一旦《いったん》保留にしても、カウディオ殿下は笑っていた。

その笑みを見て、少しだけドキドキした。

そしてしばらく共に過ごしたあと、カウディオ殿下は王都へと戻られた。

次にカウディオ殿下がこちらに来られるのは、また数カ月後だろう。

その時までにゆっくり考えて、私自身の言葉でどうしたいかをきちんとカウディオ殿下に告げよう。

私はそう決意した。

だけれども——そうやって悠長に構えられていられなくなってしまった。

幕間　知識の街で見かけた者は～とある貴族令嬢side～

私は学園の長期休暇にスラファー国へとやってきている。

この国のエピスという街には、国内外で有名な図書館があるのだ。私自身はその図書館には興味はないのだけど……お父様がどうしても行きたいとおっしゃっていたため、家族でやってきたのよ。

お父様の趣味は地味なのよね。

貴族家の当主なのだから、もっと派手な趣味を持ち合わせればいいのにと思ってならないわ。

スラファー国の王弟殿下が少し前まで、この街にいらっしゃったらしいのよね。

できればその時に来たかったわ。そうすればカウディオ殿下とお近づきになれたのに。

学園生活を終えるまでの間に、結婚相手を探さなければならないの。学園にいる生徒たちの中にも私に相応しい方は多いのだけど……そういう方は既に婚約者をお持ちの方が多いの。

スラファー国のカウディオ殿下と言えば、見目麗しい方だと噂なのよ。

太陽のように煌めく、黄金の髪。それに美しい赤みがかった茶色の瞳。それでいてスラファー国の国王陛下を支えておられる素敵な方。

今年21歳になるという若さなのよね。結婚相手としては最良の相手だわ。

彼がこの街にいる間にここに来られたら……、私は絶対に接触して、落としてみせたのに。

自慢じゃないけれど、私は美しいの。学園の同級生たちにもいつもそう言っていただけるのよ。

そんな私に婚約者がいないのは、相手を厳選しているからなの。求婚者が今、絶えない状況だけれど……でもできれば最高の相手とやっぱり結婚したいじゃない！

その相手としてみれば、カウディオ殿下は最適なのよ。

お父様に頼んで、カウディオ殿下に会う機会を作ってもらおうかしら？　カウディオ殿下がこの街をよく訪れているなら、親しくしている方もきっといるわよね？

そういう方から情報収集をするのもありかもしれないわ。

彼の好きなものについて調べることができれば、近づきやすくなるわよね？

「ねぇ、お母様。私、カウディオ殿下にお会いしたいわ」

「あなたなら王弟殿下の心を掴《つか》むことがきっとできるわ」

お母様に自分の意思を告げれば、そう言って笑ってくださった。

王族の妻の座を手に入れることができれば、今以上に良い暮らしができるわ。それに友人たちにも自慢することができるもの。

王族であり、見目も美しいカウディオ殿下と並んで社交界に参加できたら……なんて素敵なことだろう。

そういう未来を想像するだけで気持ちが高揚するわ。

私はカウディオ殿下のことを落とすために情報を集めることにしたのだが、そこでお父様が目当てにしていた図書館にカウディオ殿下がよく足を運んでいらっしゃると聞いた。

ならば、そこに私も行くことにしよう。

本を読むことは興味がない。

勉強なんて貴族である私がすることでもないもの。

でもカウディオ殿下と結婚することになったら、彼はお父様のように本ばかり読むのかしら？

……まぁ、それならそれでいいわね。

パーティーに一緒に参加してもらえるだけでも、とても素敵なことになるはずだもの。

そんなことを思いながら、図書館に行った私は信じられないものを見た。

「……クレヴァーナ・シンフォイガ？」

それは我が国で有名な英雄公爵から離縁された女性である。

……元々悪評しかない令嬢だった。それなのに、シンフォイガ公爵家の血を引くという理由だけで、ウェグセンダ公爵家に嫁ぐことができた幸運な女性。

それだけの幸運に恵まれながらも、改心することのなかった人。

私はあまり姿を現さない彼女の姿を見たことがあって、知っていた。美しい見た目も、公爵夫人という地位もありながらどうしてああなのだろうかと苛立ったものだった。

その人がどうしてこんなところにいるのだろうか？

噂では離縁されたあとに、シンフォイガ公爵家からも追い出されたと聞いていたのに。

なぜ、落ちぶれていないの？

ウェグセンダ公爵家からも、シンフォイガ公爵家からも捨てられたのならば、もっと絶望しているのが当たり前なのに。

国では、きっと彼女は娼婦のようになっているのではないかなんて言われていたのに……。

それなのに、どうして……？

それに加えて驚くべきことに、国一の悪妻と言われていた彼女が——なぜか、カウディオ殿下と親しくしているらしいと聞いた。

図書館の職員として評判が良く、街の人からも好かれているのだとか。

カウディオ殿下と親しそうに話している姿が見られているだとか。

周りから好かれていて、とても優秀だとか。

……そんなのあり得ないのに。

だって彼女はクレヴァーナ・シンフォイガだ。

離縁されて、自由を手に入れたからこそ次なる男を落とそうとしているのだろうか？

まさか、カウディオ殿下を毒牙《どくが》にかけようとしている？　そんなの許されるはずがないわ！

彼女のような方が評価されているなんておかしいもの。

そう思った私は両親に彼女の話をし、現状を正すことにした。

第4章　私と決意と、生きる道

——君が望むのならばきっとなんにでもなれる。

カウディオ殿下から言われた言葉を思い起こす。あの言葉は私の頭にずっと残っている。

カウディオ殿下の提案を受けてから少しが経つけれど、私はいまだに自分がどう動いていくべきかというのを決断できていない。

——だってその選択は、周りに大きな影響を与えるものだ。そして私の人生を左右するもの。

私はカウディオ殿下のことを特別に思っているとは気づいたものの、それが自分にとってどういう感情なのか正確には分からない。

ゼッピアには「何も考えずにやりたいようにやればいい」と言われてはいるけれど、どうするか悩んでしまう。

例えばカウディオ殿下の誘いに答えて、この街から飛び出すとして……きっとその先には新しい経験が沢山待っているのだと思う。

初めてこの街にやってきて、沢山の経験をしてきたように……。

今、私の世界は優しさに溢れている。

周りは皆、親切にしてくれていて、私のことを認めてくれている人ばかりだ。

当初は私に対する苦言の声をあげていた人たちも今ではすっかりいなくなり、そういうことをこそこそと言っていた人たちも減っている。私のことを嫌っている人もいるだろうけれど、そういう人よりも親しくしてくれている人の方がずっと多いのだ。

穏やかで、優しい世界。

きっとこのままこの街で働き続ければ、充実した暮らしになるだろう。私は少なくとも満足はすると思う。

今の暮らしが楽しくて、これ以上何か望まない方がいいような——そんな気持ちにさえなる。

現状維持を選ぶか、私自身の未来を変えていく道を選ぶか。

……うん、それはじっくり考えて、選択しなければならないことだ。

ああ、でもあまりにも悩みすぎているとカウディオ殿下の気が変わってしまったりするだろうか。あまりにも時間をかけすぎるのは、それはそれで先延ばししているだけになる。

カウディオ殿下と一緒にいられたら……それはそれで穏やかで幸せなことだとは思う。

ただ私がそういう選択をすることで、どういう影響があるのだろうか。今は、私のことを周りは知らない状況だからこそ平穏なだけとも言えるかもしれない。

私＝クレヴァーナ・シンフォイガだと知ったらきっと、様々な思惑のある人たちが接触してくるだろう。そしてあることないこと、きっと故郷にいた頃と同じように言われることだろう。

……その時、私はどうしたい？

私は自分自身に問いかける。

結局のところ、私自身がどう変わっていこうとも……私がクレヴァーナ・シンフォイガであったことは変わらない。

だから、様々なことを考えてしまうのだ。

自分がこれから、どう生きていきたいか。

やりたいことってなんだろうと漠然と考える。

ラウレータには、また会いたい。……でもきっと私がこのままならば、会えない。

あの子の小さな体を抱きしめて、本を読んであげたりしたいな。

嫁ぎ先で私は屋敷の外に出ることは必要最低限だったから、普通の貴族夫人よりもずっとラウレータと関わりが多かった。とはいえ、悪評がある私だから、ずっと娘と一緒に過ごせたというわけでもないけれど。

それでも本を読んであげたり、私の知っている話を聞かせたり、庭を散歩したりした何気ない日常は私にとって大切な思い出だ。

新しい母親ができて、私という産みの母はあの子にとって、もう必要ないかもしれない。

そう考えると、どうするのが一番いいのだろうか。

私のやりたいことと、目標。

それを明確に決めて、そのために行動をするのが良いとは思う。

とはいえ、私はまだまだ私自身のことが分かっていない。

だから悶々《もんもん》と思考している。

「皆は大きな決断をしようとした時、どうやって決めているの？」

昔の私にとっては、そういうことを聞く相手もいなかった。

どういう風に動けばいいか、自分で選択する機会もなかった。

――でも、今は違う。

私の周りには話を聞いてくれる人たちがいて、一人で悩む必要なんてない。

「そうね、私はやりたいことを見つけたらすぐに行動してしまうタイプだから、そこまで悩まないわ。あ、でも元彼と別れる時とかはどうするか悩んだけれど」

ルソアさんはそう言って笑っていた。

「親から反対された時は散々話し合って結局認めてもらったりしたかな。とはいえ、行動した結果痛い目を見たことはあるぞ。何か上手い話に誘われているとかなら言えよ？　クレヴァーナは世間知らずだからな」

コルドさんはそう言って心配していた。

「私はクレヴァーナがやりたいようにやったらいいと思うわよ。それで失敗しても経験だと思うもの。でも行動する前に相談はしてほしいわ。そしたらアドバイスはいくらでもできるもの」

ゼッピアはそう言って、私が何かをしようとしていることを喜んでいる様子だった。

――そういう周りの意見を聞いた上で、カウディオ殿下から言われた言葉も踏まえて相談した。

「折角誘われたのだから、そのまま飛び込めばいいのでは？」

「良い機会だと思うわ。だってクレヴァーナはこんなところで終わるような人材ではないもの」

相談した先で、口々にそのようなことを言われる。

飛び出したい気持ちはないわけではない。けれど悩んでしまうのは昔のことがあるからだ。

私がそう口にすると、ゆっくり悩めばいいと彼らは笑ってくれる。

「よかったら理由を教えてくれない？」

そう言われた言葉を拒絶してしまった。

……私は、自分がクレヴァーナ・シンフォイガであったことを親しい人たちに知られることを躊躇《ちゅうちょ》していた。いつか、話そうと思っていたのに……先延ばしにしていた。

でもそうしたら——

「ねぇ、あなたがクレヴァーナ・シンフォイガだって本当……？」

ある日、厳しい表情のゼッピアからそう問いかけられた。

その日は、いつも通りの朝のはずだった。

だけれども明確に、視線や雰囲気が違った。私は違和感を感じていたけれど、出勤した。

——そこも、普段と違った。

そして恐る恐るといった様子で、先ほどの言葉を問いかけられた。

私は驚いてしまった。

じっと見つめてくるゼッピアに、一瞬、逃げ出したい気持ちになった。

でも……私がクレヴァーナ・シンフォイガであったのは変えられない事実。だから私は意を決して口を開いた。

「本当よ」

これでゼッピアから友達と思われなくなったらどうしようとか、昔のことを知られた今これからどうしようかとか——そういうことが頭の中を駆け巡る。

クレヴァーナ・シンフォイガの名は、悪い意味で有名すぎるのだ。だから私の本当の名を知った周りの態度が変わるのは予想できたことだった。

「そうなのね。分かったわ」

ゼッピアはそう言ったかと思えば、がしっと私の手を掴む。

「クレヴァーナ、一旦、別室に行きましょう。このままここにいるよりもその方がいいわ」

「え？」

「ほら、周りがすごい目で見ているでしょう。私はあなたにじっくり話を聞きたいの。館長も呼ぶから、話しましょう」

「え、でも、仕事は……」

「それどころじゃないわ。あなたを守るためにも、きちんと対応しなければならないもの」

ゼッピアは驚くことにそう言って、そのまま別室へと私を連れて行く。

私はゼッピアに促されるままに、別室に設置されている椅子へと腰かけた。そのままゼッピアは「私は館長を呼んでくるわ」と言ってそのまま出て行こうとする。

「え、ええっと……、ゼッピアは私のことを嫌いになったりしていないの？」

ゼッピアに思わずといったように私は声をかけた。

「なんでよ？」

私の言葉を聞いて、ゼッピアは何を言っているのか分からないといった表情だ。

「だって、私がクレヴァーナ・シンフォイガだって分かったのに？」

「だからってクレヴァーナはクレヴァーナでしょう。そもそもあなたが悪評だらけのクレヴァーナ・シンフォイガだなんて信じられない！　どれだけ周りは見る目がなかったのよ！　ああ、もう考えただけで腹が立ってくるわ！」

ゼッピアはそう言って怒った様子を見せている。

私は当たり前のように憤慨しているゼッピアの様子に驚いてしまった。

だって、他の職員たちは私に対して冷たい目を向けている人が多かった。それは私がクレヴァーナ・シンフォイガであることを認めたから。私にそういう噂があったからこそ、そういう風に思われていたからこそ、私の話なんて聞こうともしていなかった。

私自身がゼッピアのことを信じ切れていなかったのかもしれない……。こんなに良くしてもらっていたのに。

もっと早くに自分のことを言っていた方が、よかったのかも……なんて今更ながら思う。

それにしても、これからどうなるのだろうか。

最悪の場合は働き口を失ってしまう可能性も高いだろう。

私はそれを考えると、心配になった。

そんなことを考えていると、ゼッピアが館長を連れてきた。

「館長……。私はどうなりますか？」

私は向かいの椅子へと腰かけた館長へと問いかける。自分の顔が強張《こわば》っているのが分かる。

「どうなるとは？」

「だって……ここで働き続けていたらご迷惑をかけてしまいますよね？」

それが心配で、館長が話し出す前にそう問いかけてしまった。館長は笑っていた。

「いいえ、私個人としても図書館としても……、あなたのような優秀な方にはいつまでもいてほしいとは思うわ。だけど、それよりも重要なのはあなたの安全よ」

「……安全、ですか？」

「ええ。私はあなたがクレヴァーナ・シンフォイガであることを知っていたわ。それにカウディオ殿下からも話を聞いているし、採用したあとに調べさせてもらったわ。あなたの過去を知った上でも雇う価値があると思って雇っていたのだもの。でも……それよりも優先しなければならないのはクレヴァーナ自身がどうしたいかと、あなたの安全のこと」

私は館長から言われた言葉がよく分かっていなかった。

館長は貴族の出だからこそ、やっぱり私のことを知っていたようだ。

「よく分からないという顔をしているわね？　私たちはクレヴァーナが実際にどういう子か知っているから問題ないけれど、世の中にはね、悪評がある相手ならば何をしてもいいと思っているような人もいるのよ？　あなたみたいに綺麗なのに悪評まみれの子なんてそういう連中からしてみれば恰好《かっこう》の的よ」

「そうなの……？」

「ええ。そうよ。特にクレヴァーナみたいな子なら、なおさらだわ。きっと変な連中が沢山寄ってくるわ」

ゼッピアはそんなことを言う。

ロージュン国にいた頃、私は外に出ることなんてなかった。限られた場所で人と関わることなどほとんどなく過ごしていた。ある意味、だからこそ問題がなかったのかもしれない。

悪評だけの存在が近くにいるというだけで、それだけの行動を起こす人が現れるかもしれないということなんだろう。

ひとまず私はしばらくの間、安全のためにも自宅待機することになった。時間経過で周りが落ち着けば……ということらしい。その間に対応を進めてくれるらしい。

その流れで、ゼッピアに離縁されるまでのことを話した。

私が魔術を使えないことで、家族から出来損ないと言われていたこと。外にほとんど出たことがなく、人との関わり合いが少なかったこと。公爵令嬢という立場であっても王族や他の貴族のことを知らないこと。貴族らしい暮らしなどさせてもらったことがなく、必要最低限の外出以外はずっと屋敷から出してもらえなかったこと。

それからウェグセンダ公爵家に嫁ぐことになったこと。悪評のことや私自身が動かなかったからこそ、上手くいかなかったこと。大切な娘のことと、嫁ぎ先での暮らし。そして離縁され、この街にやってきたこと。

一つずつ詳細に話していると、改めて私の暮らしは普通とは異なっているのだと実感した。

「本当にすごい環境にいたわね……。というか、そこに残っている娘ちゃんが心配になるわ」

そう言って娘のことを心配してくれていた。

……本当に今の私は、周りに恵まれているなと、そう実感した。

——だから、こういう状況下でも不思議と不安が払拭《ふっしょく》されていった。

けれど、問題は解決したわけではない。

寧ろ、悪化している。

私は一旦、状況が落ち着くまで家にいたわけだけど……嫌がらせを受けるようになった。

それは心ない手紙だったり、外から聞こえてくる罵声《ばせい》だったり——そういう明確な悪意を向けられている。

「カウディオ殿下のことを騙そうとするなんてっ!!」

「やっぱり噂通りの悪女なんだろう！　うちの子も騙されるところだったわ」

その中には街でこれまで会話を交わしてきた人たちの声もあった。

あまりにも大きな変化におかしくなって逆に笑ってしまった。だって私は私なのだ。騙したりなんてしていない。寧ろ今の私の方が、本来の私であると言える。

そういう過去があろうとも、この街で過ごしてきた私は昔よりもずっと好きなように生き生きと生きている私だった。

1年というそれなりの時間をここで過ごして、居場所ができたと思っていたのだけど。

だけどこれだけ落ち着いているのは、ゼッピアたちが変わらずに接してくれているからだろうか。

寧ろ皆、私のことを心配してくれている。

でもこうやって私の昔を知っただけで人は変わってしまうものなのだ。

買い物にも行けないので、届けてもらっているけれど……。私の噂は意図的に流されているものらしかった。それも悪意があるものだ。

私はクレヴァーナ・シンフォイガであることを隠して、カウディオ殿下に近づく悪女らしい。

カウディオ殿下のことを騙そうとしているだとか、その妻の座を狙っているだとか。

そのために大人しく過ごしていたと噂されているようだ。

故郷にいた頃と変わらない噂。私が大人しくしていても、結局そういう風に勝手に決めつけたりもするのだ。

それにしてもこれだけ急速に噂が広まるのは、おそらく誰かの意図的なものだとは思う。私はそれだけ誰かに恨まれるようなことをしてしまったのか。それともゼッピアたちが言っていたように、私がそれだけ悪意のある人たちにとって恰好の的になってしまっているのか。

どちらなのかは私には分からない。

……カウディオ殿下のことは好ましくは思っているけれど、私が相応しくないと思っている人がそれだけ多くいるということなのだろう。それはそれで……なんだか嫌だなと思う。

故郷でもそうだけど、本人ではなく周りでどうのこうの言う人がとても多い。それに私自身のことも、実際の私を知らないで、私の話なんて聞かないで、皆好き勝手言っている。

罵声を浴びせている人たちの中には、私が振った男性の母親もいた。表面上は穏やかにしていたはずだけれども……やっぱりいろいろと思うところがあったのだろうなと思う。

でもこれまで私にそれの文句を言うことがなかったのは、良心が痛んでいたからだろうか。

それでも自分にとって大切な家族が、悪妻などと有名だった私に振られたことが許せないのだろうか。

──私が何者か把握していなかった時は何も言ってくることはなかったのに、こうやって一つの情報でがらりと態度を変えるなんて身勝手なものだと思う。だけど、きっと私が噂通りの悪女であるのならば、そういうことを言ってもいいと思ってしまうのだろう。

……そういう人たちに関しては、私がクレヴァーナ・シンフォイガであることを隠した上でもし恋人関係に至ったりしていた場合、事実が露見したら騙されたなどと言うのかもしれない。

私はその事実に、なんとも言えない気持ちで……今まで感じたことのない感情が込み上げてくるのが分かる。

ああ、なんというか本当に馬鹿らしくて。苛立って。どうしようもないほどの気持ちが、私の心を支配している。

……私は、怒っているのかもしれない。

沸々《ふつふつ》と、込み上げてくるものがある。

その怒りは、この前まで私に笑いかけてきたのにたった一つの事実を知ったことでがらりと態度を変えた周りの人たちの身勝手さにもだけど……それ以上に自分自身にもだ。

だってこの状況は、私が引き起こしたものとも言える。

離縁されて故郷を飛び出すまでの私は、あまりにも無気力だった。周りから怒っていいことをされていたのに行動一つしないで、されるがままだった。

もちろん、一番の原因は家族であるとも言えるけれど……私自身が、あの状況を受け入れ続けて、自分の意思で何かをしようなんて考えていなかったからなのだ。がむしゃらに、本気でぶつかれば——きっとなんらかのことが故郷にいた頃だってできたはずだ。

言ってしまえば私は──周りが話を聞いてくれないから、自分のことを決めつけているからと、それを無意識に言い訳にしてしまっていたのかもしれない。

私の環境は確かに普通ではなかっただろう。それはこうして外に飛び出して、沢山の人たちと関わったからこそ分かる。

ゼッピアたちは優しいから、「そういう環境だったのが悪いのであって、クレヴァーナのせいじゃない」なんて言ってくれる。でも結局私は、私の責任もあると思っている。

そう、この状況は少なからず私が何もしなかったからなのだ。

それに……こうしてこんな状況になったからこそ、私はカウディオ殿下への気持ちを改めて自覚した。

私はカウディオ殿下の柔らかい笑みや、私に贈ってくれた言葉を思い起こす。

その笑みを思い出すだけで、私はカウディオ殿下のことを特別に思っているのだというのを実感した。

私みたいな悪評まみれの存在が傍にいない方がいいなんて言っておきながら──カウディオ殿下と話せなくなるのは嫌だと、そう思ってしまっているのだ。

周りが何を言おうとも、きっと関係がない。

……私自身が、今の私の状況を、私の不甲斐《ふがい》なさを許せない。

だってこのままでは、娘の前に姿を現せない。ラウレータにとって立派な母親であるとは言えないだろう。そもそも、私がこのままでは娘ともう一度再会するなんてきっと叶わない。周りがきっと許さないから。このままの状況で再会したところで、状況は何も好転せずに、ラウレータのことを守れない。

もう二度と会えないかもしれないと――そう、受け入れたつもりになっていて、そうじゃないのだ。

私はラウレータに会えるなら会いたい。それに娘に何かあった時に、救い出せる私でありたい。そんななりたい私に、今の私は追いつけていない。このまま閉じこもって、優しい世界で守られて――それでは駄目だと思った。

私は小説の中で見かける、助けをただ待っているだけの存在であることを望んでいない。今の私は、自分の意思でなんだって決められるのだから。

――だから私は館長にカウディオ殿下の元へ話をしに行くことを告げた。

「クレヴァーナ、エピスの街でのことは聞いている。大変だったな。落ち着くまで王都でゆっくりするといい」

目の前には心配そうに私を見ているカウディオ殿下がいる。今、王家が所有する屋敷の一室で私たちは話している。

私は王都へとやってきていた。スラファー国の王都はとても栄えている。私は祖国の王都に足を踏み入れたことはないので比較はできない。ロージュン国の王都も同じぐらい栄えているのだろうか？

数え切れないほどの人々の姿が目に映り、とても活気に溢れている。笑顔を浮かべている人ばかりで、それを見ているだけでスラファー国の国王陛下がこの国を上手く統治しているのだということが分かる。きっと国政が上手くいってなければ国民たちの顔から笑顔なんて消えるはずだから。

日中に王都へと移動すると嫌がらせを受ける可能性があったので、夜中に街を出る形だった。ありがたいことにカウディオ殿下が騎士を寄越してくれていたので、彼らに護衛してもらって王都に着いた。

……その騎士たちは、悪評のある私に何か思うことはあるのだろうと思った。それでいてカウディオ殿下に何かしらの迷惑をかけるのではないかと思われているのだろう。

それでも彼らは職務を全《まっと》うしていた。私に対して嫌な態度一つ見せなかった。本当にしっかりしていると思う。

道中で少し会話を交わして、それなりに親しくはなれたかなとは思う。だけど彼らが警戒心を解かないのは当然のことだ。

「いえ、ゆっくりする気はありません」

私がそう答えると、カウディオ殿下は驚いた顔をする。

「大変な状況で無理をすると体を壊してしまうよ？　それと兄上にクレヴァーナのことを相談したら他の身分と名前を与える形にできると言っていたんだ」

「それはどういうことでしょうか？」

「クレヴァーナ・シンフォイガの名は対外的には亡くなったことにはなってしまうが、別の名で生きていくことができるということだよ。その方がきっとクレヴァーナにとってもいいと思うんだが、どうだい？」

カウディオ殿下は私のことを心配して、そう言ってくれているのだと思う。

クレヴァーナ・シンフォイガの名には、悪評が付きまとい続けている。だからそうした方が手っ取り早いのだろう。

私が読んできた歴史書の中にも、同じように名を変えて生き延びた方の記録は見たことがある。そういう人たちはなんらかの理由があって、新しい自分になって生き延びていた。

カウディオ殿下の提案はありがたいものではあった。確かに新しい自分へと変われば、私は楽に生きられるだろう。少なくとも私のことをクレヴァーナ・シンフォイガだと誰が言おうとも、王家がその存在は死に、別人だと言い張れば誰も文句は言えないのだから。

それは確かに生き延びるというのを第一目標にしているのならば、手っ取り早い方法だと言える。ただ生きて守られて、穏やかに、昔の自分と決別して生きていく。それも選択の一つとしてはありなのだ。

——だけれども、私はそれを受け入れない決意をしてきた。

その選択は、私の望む結末には向かない。

「カウディオ殿下、ありがたい申し出ですが私はそれを受け入れる気はありません。——私があなたに会いに来たのは一つお話があったからです」

私がそう言ったら、カウディオ殿下は驚いた顔をして——だけど面白そうに笑った。

おそらくカウディオ殿下は私が弱っているのを想像していたのではないかと思う。実際に自分の過去を知られて、疲弊《ひへい》はしていた。自分が何をしたいかというのが、明確に今決まっているからこそ——私は弱っている暇なんてないのだ。

「いいよ。聞かせてみて」

「カウディオ殿下、私に投資をしませんか？」

私はカウディオ殿下に、そう問いかけた。

「投資？」

「はい。カウディオ殿下も国王陛下も、私を評価してくださっていると、以前聞きました。その言葉がまだ有効であるのならば、私に投資をしてほしいです」

私がまっすぐに、カウディオ殿下の瞳を見つめてそう言えば、彼はぽかんとして笑った。

カウディオ殿下はいつも余裕のある表情を浮かべている。先のことを見越して考えているからこそ、大抵のことは想定内なのだと思う。そんな彼にこんな顔をさせられたことが、なんだか面白かった。

「私も兄上も、君の優秀さは理解しているよ。知れば知るほど、どうしてこれだけ優秀なのに埋もれていたか分からないと、そう疑問に思っているからね。それで……その才能を我が国で発揮してくれるということかな？」

「はい。――私は、私という存在を世界に証明したいと思っています」

そう、それが私のやりたいこと。

クレヴァーナ・シンフォイガという悪妻としてではなく、ただのクレヴァーナとしての私を世界に、私の悪評を広めている人々に知らしめたいと、そう思ったから。

「自分の存在を世界に証明したい？」

「はい。カウディオ殿下は昔の私をどのくらい知っていますか？」

私は質問に質問を返してしまった。

「知っていることと言えば、君が魔術を使えないからという一点のみで家族から迫害されていたこと。そしてクレヴァーナの家族の行ったことが君のせいになっていたこと。あることないこと言われていながら、君自身は外に出ることさえもほとんどなかったこと。そういうことしか知らないかな」

カウディオ殿下の言葉に私は頷く。

「……そうですね。私はカウディオ殿下がおっしゃったように、そういう状態でした。嫁いだあとも、その悪評を向けられたままで、私は本気で抗《あらが》おうとなんてしていなかった。否定はしても、聞いてもらえなかったからとそのまま受け入れていました。あの頃の私は、生きているようで、ちゃんと生きてなかったのだと思います」

流されるがまま身をゆだねることも、自分の意思で何かを決めないことも――それは楽なことだ。だけど、それは正しい意味で〝生きている〟なんて言えない。

〝生きている〟という状況は、自分の意思で考え、困難にぶつかりながらも生を全うしている状態だと思う。過去の私は全くそうではなくて、意思のない存在でしかなかった。

私は今、昔と違ってちゃんと〝生きている〟。ううん、生きようともがき出したというのが、正しいのかもしれない。

私が生きていく上で、私を証明することは必要不可欠なことだ。

「私はこれまで自分がどういう人間であるかというのを、周りに示すことをしてこなかったのです。誰もが当たり前にやっていたことを私はこれまでやってこなかった。だから私はこれから、〝クレヴァーナ・シンフォイガ〟ではなく、私自身がどういう人間か証明し続けようと思うのです。これまでのことがあるから、私を決めつける人は多いと思います。それでも、実際の私がどういう存在かを周りに証明し続けたいと思います」

私はそこで言葉を切って、改めて自分の決意を口にする。

「だから私はクレヴァーナ・シンフォイガに付きまとっている悪評を覆《おお》いつくすぐらいに名を響かせます」

大それたことを言っている自覚はある。本当に自分がそれだけのことを成し遂げられるかは分からない。

だけど、私はこのままが嫌だからこそ……自分という存在を証明し続けることにしたのだ。

「ははは、クレヴァーナは本当に面白い。もちろん、私は君の証明の手助けをするよ。兄上も、才能豊かな君が国のために力を発揮してくれるというのならば喜んで頷くだろう。その代わり、投資に見合った活躍はするつもりなんだろう？」

「はい。この国にやってきて、私は自分で思っているよりも優秀だと分かりました。私はあなたが信じてくれた自分の才能を信じようと思いました。カウディオ殿下や図書館で出会った人たち、皆が私に優秀だと言ってくれた。だから――私はそれを使って、他国にまで響くぐらいに自分を証明します。カウディオ殿下に後悔はさせません」

自分でもこれだけ自信満々に言い切るのはどうなんだろう？　と思う。だけど、カウディオ殿下や周りが私の才能を信じてくれたから。――私ならばなんだってできて、なんにだってなれるとそう言ってくれたから。

それならば、私は私を信じたい。

それにこれだけできると思っていた方がきっといい。

思い込む力というのはきっと大きな力なのだ。故郷で私のことを悪評の通りの存在だと思い込んでいた周りのように。――その思い込みを私は良い方に使う。

「大きく出たな。……ただその選択はクレヴァーナにとってつらいものになるだろう。君がクレヴァーナ・シンフォイガのまま行動をし続けることをよく思わないものもいるだろう」

「そういう存在を、全員黙らせます。私が自分のことを証明できれば、そんな声もなくなるはずです。それに周りから何かを言われるのは全て、覚悟の上です」

試すように問いかけてくるカウディオ殿下に、私はそう答えた。

そう、全て覚悟の上だ。

私がこうやって表舞台に、悪評が流されているクレヴァーナとして立つことは、きっと大きな影響を与えるだろう。私のことを気に食わない方たちは、私のことを叩《たた》き潰そうとするだろう。表舞台に立たないように、国政に関わらないように――。

でも、そんなものは全部はねのける。何があったとしても、私は立ち止まる気はないのだから。

正直、できるか分からなくて……体は震えそうにもなる。だけど、私自身がやると決めた。

他でもない、自分自身のために。

だからどんなものでも受け止めて、はねのけて――。そして私という存在を刻み込んでみせる。そう、決めたのだ。

例えばカウディオ殿下が私に投資をしてくれなかったとしても、それでも私は止まらないだろう。

時間がかかったとしても、自分の証明をするために行動をし続けるだけだ。

「そうか。クレヴァーナが決めたことなら、私は全力で応援するよ。私は君に投資したい」

カウディオ殿下の言葉に私はほっとする。もしかしたら断られる可能性もありはしたから。

ひとまず第一目標は達成できた。

でも、まだ言いたいことはある。

「はい。……それと、もう一つ、あなたに言いたいことがあります」

「もう一つ、言いたいこと？」

カウディオ殿下が何を言われるのだろうか？　と楽しそうにしている。

……正直、ここで話を止めてもよかった。そもそももう一つの話をすれば、カウディオ殿下から嫌われてしまう可能性だってあるから。

だけど、私は止まれなかった。

「私はカウディオ殿下をお慕いしております」

はっきりと、そう言った。

そう、私はカウディオ殿下のことを好ましく思っている。それは紛れもない事実で、私はこの方の隣に立ちたいとそう思ってしまった。

私は自分の気持ちに嘘を吐きたくない。これからの自分のためにも、私はその気持ちを伝えたかった。

「突然、こんなことを言われても困ることは分かっています。ただ知っていてほしいのです。私はあなたのことを好ましく思っています。悪評まみれのクレヴァーナ・シンフォイガのままではあなたの隣に立てない。私はそれも、嫌だと思いました。このまま、あなたと話せなくなることも、嫌です。だから、私が自分の存在を証明した暁《あかつき》には、私のことを考えてくださいませんか？」

受け入れてほしいなんていう烏滸《おこ》がましい意見は言えなかった。なんだかんだ私はまだ自分という存在に自信がないのかもしれない。

自分の存在を世界に証明するなんていうそんな大層なことを口にしておいて、自分の恋愛事に関してはこうだなんて自分でも呆れる。

「クレヴァーナ、どれだけ自分に自信がないんだい？」

おかしそうに、カウディオ殿下は笑った。

……嫌がられてはないと思う。寧ろ、どこか嬉しそうに見えるのは私がそういう態度を期待しているから、そう見えているだけだろうか。

「クレヴァーナ、私も君のことを好ましく思っているよ」

「はい!?」

その答えは想像していなかったので、思わず驚いて大きな声をあげてしまった。

そんな私の様子を見て、カウディオ殿下はおかしそうにくすくすと笑っている。

「何もおかしな話ではないだろう？　君はとても素敵な女性なんだから。美しくて、知性があって、どこか世間知らずで不思議な雰囲気を纏っていて。どこか浮世離れしているようなか弱いイメージを持ち合わせているけれど、何か起こった時に自分の力で立ち上がろうとする強さがある」

「え、ええっと……」

言われ慣れていない言葉に、私の顔は思わず赤くなってしまう。

だ、だって、カウディオ殿下が、私が好ましく思っている相手が、私のことを褒めてくださっている。それが何よりも嬉しくて、戸惑っていた。

「私が少し褒めただけで顔を真っ赤にしているのも可愛いと思うよ。褒められ慣れてなくて、自分の魅力を理解できていないからどこか無防備で、笑った顔も可愛い。結婚した経験と娘がいるとはとても思えないほど、純粋で、まっすぐだ。見た目も中身も……すぐに折れてしまいそうな危なっかしさがあるのに、実のところは違う。そういう一面も含めて、魅力的だと思う」

「あああ、ありがとうございます！」

私はどうしようもないぐらい動揺していた。だってそんな風に言ってもらえるなどと思ってもいなかったから。

ドキドキして、落ち着かなくて、私は明らかに挙動不審だと思う。

というか、可愛いって！　可愛いって言われているのだけど、落ち着かない。

嬉しいのだけど、どういう態度をしたらいいかも分からない。

「――だから、私は君が傍にいてくれたら嬉しいなとは思うよ」

「あ、ありがとうございます！　で、でも私は自分の証明をしてからではないと、その、カウディオ殿下とそういう関係にはならない方がいいと思っています！　それにその……私はカウディオ殿下よりも年上です。結婚歴もあり、元夫との間に子供もいます。私が自分の証明を終えるのはいつになるか分かりません。お待たせしてしまうかもしれませんけど……それでもよかったら、お願いします！」

私が一気に、動揺したまま言い切ればカウディオ殿下は笑っていた。

「ああ。いつまでも待っているよ、クレヴァーナ」

そして、そんな風に告げられた。

——そうして私は自分の存在を世界へと証明するために動き始めることになった。

◆◇◆◇◆

さて、私は自分という存在を証明し続けると決意した。

そのためまず手始めに行ったことは、スラファー国でも有名な大学へ入学してみることだった。そこに入学できるだけでも箔がつくというか、国内で評価されることだったから。

スラファー国にはいくつかの大学があるけれど、その中でも一番の難関大学を目指す。その大学以外でも私の成果にはなるけれど、どうせならより高い壁を乗り越えた方が私自身のためになると思ったから。なんだか私はどんどん難しい方へ向かおうとしているかもしれない。

そんな私を見て、カウディオ殿下は私が無理をしてそちらへ向かっているのではないかと心配されている様子だった。

でも私は……難しい道へ進むことを、どちらかというと楽しんでいた。

だって……これは自分で決めた選択だから。

難しい道だったとしても、いや、難しい道だからこそ達成することができれば、私はまた一歩成長ができるはずだから。それは新しい私に出会えるチャンスでもある。そう思うと、私は興奮した気持ちしかない。

周りにはどうしてわざわざ大変な道に？　と聞かれる。それにもっと楽な方向に進んでもいいと言われる。あとは私の興奮する気持ちが分からないとも。でも達成感と、新しい私に出会える楽しみがあるなら私はいくらだってその道へ進みたいと思う。

もちろん、体が資本だと思っているから体調を崩さないようにはするけれど。きっと私はこれからもずっと難しい道を歩み続けるんだろうなとは思う。

決意をしたからこそ、私は図書館を退職した。それは私の決意でもあった。何かあったら戻ってきていいとは言われているけれど、私が自分の意思でこの道を選んだのだから立ち止まる気は全くない。

私の気持ちは、ブレていない。

だから不思議と冷静で、大学の試験は簡単に解けた。

「完了しました。チェックをお願いします」

半分ほどの時間で全てを回答し終えた私を、大学の教師たちは驚いた顔で見ていた。

彼らの中には、私がカウディオ殿下に悪い影響を与えて無理やりここにやってきたと思っている人もいたらしい。

「本当に？　まだ時間はありますが？」

「問題ありません。よろしくお願いします」

私がそう告げると、教師たちは私の解答を確認していった。

最初は怪訝《けげん》そうな顔をしていたが、みるみるうちに表情が変わっていってそれがおかしかった。

最終的にはほとんどが飛び級で入学することになった。

そもそもの話、私は知識を蓄えることに関してはきっと人より優れている。知識を応用しなければならないことに関しては足りない部分が多いだろうし、私の知識だけでは追いつかない。

でもただ勉強することなら私の得意分野だ。

テストと呼ばれるものと私の相性はきっと良くて、知らない知識は解けなかったけれど本で読んだことは全て埋めることができた。

こうやって学んできたものが今につながっていることに私は嬉しかった。

大学の授業はほぼ学ぶ必要なしと言われたので、卒業はすぐにできそうだった。

空いた時間も私は自分を証明するためだけに使うことにした。

手始めにカウディオ殿下の名を借りてだけど、言語を学びたい人を募集することにした。その際にはその教師が私であることを公表している。

私が活発に動けば動くほど、周りの目はそれだけ鋭くなる。……カウディオ殿下の周りにいる方たちにも私は見定められている。私が本当に、それだけの価値がある存在なのかどうか。

周りの目が鋭ければ鋭いほど、私が一つのミスでもしたら周りは騒ぎ立てるだろう。それだけ私のことを貶めたい人はきっと多いのだから。

でもそれを理解した上で私は引く気は全くないのだ。

利用できるものは、利用する。それでいて私は自分の力を示す。

……カウディオ殿下は私に好きなだけ名を使えばいいと言った。もちろん、私がカウディオ殿下の品位を貶めるようなことを行えば切り捨てられるだろうけれど、それでも私を信頼してくれているのではないかと、なんだか嬉しくなった。

だから私は所々で、使える範囲で許可を得てからその名を使わせてもらっている。

あと私自身の名をカウディオ殿下に自由に使ってもいいとは言ってある。まだ今の私では、その名の効果は全くないし、逆効果かもしれない。

だけどいつか私がカウディオ殿下の名を使わせてもらって助かっているように、私の名で彼の手助けができるようになれればいいと思っているのだ。

言語を学びたいとやってきたのは、まず2人だった。

「あなたが噂のクレヴァーナね！　あなたが実際にどういう人物かは分からないけれど、カウディオ殿下はあなたを優秀だと評価しました。だから、あなたに学びたいと思いますわ！」

とある貴族令嬢――クラセリアは、そう言って私の元へとやってきた。

「あの大学を飛び級できるほど優秀ならば、悪女であろうと関係ありません」

とある文官――サンヒェルは、そう言って私の元へとやってきた。

彼らにとってみれば、私の悪評などどうでもいいのだ。ただ彼らに教えられるだけの優秀さがあればそれでいい。

寧ろ私はそういう考えの2人のことを好ましく思った。

私が初めて、きちんと教えることを決めた最初の生徒。

私自身は娘に何かを教えたり、図書館で働き出してから誰かに何かを教えたりといったことはしたけれど、それだけしか経験はない。

でもやると決めたから——私は彼らの学びたい言語を教えることにした。

元々独学で学んでいたものだけど、図書館で働いていた間にその言語を実際に使って仕事をしてきた。

そのことも私の自信へとつながった。

ちなみにだが、彼らは私がどれだけの言語を知っているか聞いて驚いた顔をしていた。

「それだけの言語を学んでいるなんて、どういう頭をしているんですの？」

「頭がおかしい」

2人に言語について教えているとそんな風に言われてしまった。

私はこの国に来て、優秀だと言われ続けていた。でも……私が思っている以上に私は優秀なのだと自覚する。寧ろこれで謙遜される方が困ると2人に言われたので、そういう点は気をつけることにする。

私が当たり前のようにできることを、他の人はできなかったりするのだ。

私は外国の言葉を覚えることが楽しくて、特に苦にすることなく覚えられた。だって書いてあるから。

沢山の言語を一気に身につけようとするとこんがらがって、逆に覚えられないと2人に言われたので一つずつ進める。

それこそ、幼い娘に教えていた時のような感覚で進めることにした。

それに人によって言語を学ぶ能力の差はあるみたいなので、そのあたりも考えながら進める。

何回か教鞭をとっただけで、２人の態度は変わっていた。

徐々に私に対する敬意のようなものが言動に現れるようになっていった。

まず一つの言語を彼らは習得する。もちろん、完璧であるとは言えないかもしれないが、少なくとも外交などで使える範囲の言語能力は身につけられたはずだと思う。

２人から評判を聞いたからか、他にも生徒が増えていく。

そうやって少しずつ、私の存在が広がっていくことが楽しい。

多言語を操れる人が増えれば増えるほど、交渉に役立つ人材が増えることになる。私が教えた生徒たちの輪がそうやって広がっていくのを想像するだけで面白い。

私のやりたいことを、やりたいようにやらせてもらえていること。

それが楽しくて仕方がない。

次に取りかかったのは、国内の情報を集めること。そこから見えてくるものが何かしらあるのならば、気づいたことを提案していくことにする。

例えば、原因不明の体調不良などの事象について。

「特定の地域でのみ同じ事象で体調を崩している人たちが増えている」

その報告を受けているが、原因が究明できていない状況だった。ただその体調不良については命を落とすほどのものではないからと、優先順位が低いものだったらしい。本当に放っておいていいものなのかの判断はつかないので、そこを調べてみることにした。

これで緊急性のないものならば問題がないし、何かしら結果が出るのならばそれでもいい。

なぜ、それが起こっているのかを私は頭の中で類似例を検索する。もしかしたらその類似例と同じことが原因かもしれないと、それが分かれば解決の一手につながっていく。

「これはもしかしたら――……」

そして一つのことが思い浮かび、私はカウディオ殿下に騎士を借りて現地に赴くことにした。

「クレヴァーナ様、こんなところで何が分かるのですか？」

騎士の一人はそう問いかけながらも、どこか不服そうに見えた。

私がまだまだ結果を出せていない状況だからこそ、私の行っていることに懐疑的なのかもしれない。

「ええ。一点、確認をしたいことがあるの」

私はそう言って街の近くの水辺を探索する。そうして目的である植物を発見した。

水辺で成長していたその植物を摘《つ》み取り、あたりを探索する。

その後は街の人々相手に情報収集をすることにした。一般人に紛れて、情報を探っていく。

その結果、私が見つけた植物がこのあたりで見られるようになったのは半年ほど前のこと。

それから少ししてから体調不良者が出てきている。

街の研究機関の一室を借りて、植物に関して実験を行った。

一緒についてきてくれた騎士たちも、街の研究職員たちも私が何をやっているか分からずただのお遊びのように思われていた。

その評価が変わったのは、私が実験結果をまとめてからである。

「この資料にまとめている通り、水辺に生えている植物が体調不良を引き起こしている原因かと思われます。過去の事例もこちらにまとめていますが、花が咲いてから2カ月ほど経つと水中と空気中の魔力へと影響していきます」

そう、今回の体調不良は、とある一つの植物によるものだ。その植物は自らの種を風で飛ばして生息圏を広げていく。とはいえ、この植物の特徴の一つとして空気中の魔力に作用し、それによって生物に影響を与えるというものがある。

今回はたまたま街の傍で芽吹いた植物によって、人々に影響を与えたということだろう。

研究職員たちはひとまず街周辺の該当植物を摘み取って回り、状況を見ると言ってくれた。

結果的にやはりその植物が影響していたらしく、体調不良者はいなくなったと聞いた。

そのことで感謝の手紙も届けられて、私は嬉しくなった。

例えば、自然災害の対応について。

どういう風な対応をすれば被害を抑えることができるか。自然災害が起こった際にどういったことで人が困っているか。それも知識で知っている。体験談なども読んだことが沢山あるから。

大雨が起きた際に川が氾濫するということが起きていた。年に一度か二度ほどしか起きず、氾濫が起こらないように国としても対応を進めている状況だが、氾濫を起こさないように対応するには数年かかると言われている。その数年の間に命を落とすことがないようにどうしたらいいのかと悩んでいる者たちがいた。資料を確認すると、劇的な大雨が起こる予兆のようなものが発覚したので伝えておいた。

あとは自然災害が起こった際の備蓄問題。保存食に関しては美味《おい》しくないものが多いようだった。それも仕方がないことだけど、自然災害により心が弱っている際に美味しいものを食べられた方がいいと、そう思った。だからそのあたりの保存食について調べてみた。その結果、大陸を隔てた地域の文献で、美味しい保存食について記載があったのでその食べ物を探し出して保存食を作ってみる。カウディオ殿下たちにも好評だったため、この後、国の保存食として作成が進められていくことになった。

例えば、最近問題の盗賊団について。

盗賊団がどこに現れていて、何を奪っているのか。そこから目的を割り出していく。該当の盗賊団の活動範囲は法則がないように見えて、ある一定の法則で動いていることが発覚した。

彼らは違法な薬を生成し、売ることを目的としていたようだ。基本的に活動拠点はその薬の元となる植物の生息地の周辺だった。

この盗賊団について調べるうちに、その該当植物がこれまで生えていないとされていた場所にもあることが発覚した。

また盗賊団にどういった戦い方をする者がいるのかも、実際に対峙した人たちから情報収集をしてまとめておいた。盗賊団の首領は実力者だという噂だったが、どういう戦い方をする人物なのか情報をまとめ、対策を騎士団に伝えておいた。

そして無事に盗賊団の討伐を終えることができたらしい。

そのままだと国民たちへの被害が続いただろうから、上手くいったことにほっとする。

手に入れた情報でどういった目的で、どこを拠点として、どういう行動を起こそうとしているか……推測することができる。私の頭の中にある、情報を組み合わせていく。

私は言語をパズルのようだと思って楽しんでいたけれど、それだけではない。

全ての事象が、つながっている。私の中に積み重なっていた知識と、手に入れた必要な情報を頭の中で組み合わせていく。

私がやっていることは、ただそれだけのこと。

私が紐解き、組み合わせたものが間違っていれば、カウディオ殿下や周りが指摘してくれる。私は一人じゃないからこそ、私の頭の中にある知識を周りが正しく使ってくれるから——私は安心してただ組み合わせて、思いついたことを口にすることができる。

不安も、心配も——そんなものを考える必要など、ひと欠片もない。

それにこうして実際の現場のことを知ることで、私の頭の中に新しく情報が積み重なっていく。

そう、一つの答えでは駄目でも、情報を重ねれば重ねるほど、私の頭の中は更新され続けていく。その、更新がまた楽しい。私はどんどん、これから新しい私へと更新されていくのだ。

知識を蓄え続けるだけではなくて、こうやって新しい形に組み立てて外へと放出していく。

そのことがこれだけ楽しいのだと、私はこういう立場になって初めて知った。

私は私自身を証明していくことを決めたわけだけど、その目的以上にこの状況を楽しんでいる自分がいる。

——私は、自分にこういう一面があるなんて思ってもいなかった。

「クレヴァーナは生き生きしているな」

カウディオ殿下は最近の私を見て、そんなことを言った。

「純粋に楽しいと思っています。……昔の私は何かが楽しいとか、そういうことを考えることも放棄していて、自分から何かをしようなんて考えもしていなかった。でも今の私は、ちゃんと自分の意思で考えているのですよね。そして私の考えたことが、この国でそれが形になっていくことが楽しい……」

楽しい。

本当にただただ楽しいと、そればかり考えてしまっている。

もちろん、周りの人たちに大きく影響のあることだからこそ、慎重にやらなければならない。けれど、上手くいかなかった場合の対策まで練って、そこから始めるのがいいと思う。

考えなければならないことが多ければ多いほど、その分、私の頭の中であらゆる情報が回っている。その感覚が、気持ちいい。

「まるで今の君は水を得た魚のようだね。今まで以上に生き生きしていて、魅力的だ」

「ありがとうございます。カウディオ殿下も、今日も素敵です」

こういう会話を交わしているものの、私たちは恋人関係というわけではない。私が、自分の存在を証明してからと言ったから。だから多分、友人以上恋人未満といった雰囲気なのだと思う。

「そういえばクレヴァーナの噂を流した隣国の貴族令嬢だけど、私に接触してきたから忠告をしておいたよ。すまないが、流石に他国の貴族令嬢に表立っての処罰は与えられなかった」

「それも仕方がないことですわ。私が自分という存在を正しく証明できれば、彼女は白い目で見られるでしょうし」

……きっとそれはその貴族令嬢だけではなくて、実家の家族や元夫たち、それに祖国でさえもそうだろう。

私が活躍すればするほど、周りから認められれば認められるほど――きっと彼らは肩身が狭い思いをするだろう。……そう考えると、娘はこちらで引き取りたいなと思ってしまう。私が自分を証明することは、ラウレータの評価に良いものも悪いものも与えてしまうだろう。

「吹っ切れたクレヴァーナは本当に、見た目も中身も美しいね。眼鏡も外して、堂々としていて、隙がない」

私は自分を証明するにあたって、眼鏡やさらしは外した。だって、私は自分自身がどんな存在か証明するためにここにいるのだ。それなのにその私が自分自身の姿を隠して、自分を認めないのは駄目だと思ったから。

今の私は、私自身のことが好きなのだ。

名前も姿も何もかも――私は隠す必要がない。そんなこともせず、全て踏まえて私なのだから。その私を周りに証明するのだ。

「私がこうしていられるのは、エピスの街で出会った皆のおかげでもあるけれど、あなたのおかげでもあるのです。あなたがこうして私自身も、私の行動も——肯定してくれているから私はこうして行動を起こせているのです」

そして今の私がいるのは、カウディオ殿下の影響も大きい。

カウディオ殿下に特別な感情を抱かなければ、そして私のやることを支えてくれるカウディオ殿下がいなければ、私はこうやって自由に動けはしなかっただろう。

だからカウディオ殿下への感謝の気持ちでいっぱいである。そして過ごせば過ごすほど、やっぱり私にとって彼は特別だと思う。

「そう言ってもらえると嬉しいよ。ところで、クレヴァーナ。そろそろ、もっと外に羽ばたいてみないかい？」

「外へ？」

「ああ。今はまだ一部でしか広まっていないけれど、君の優秀さはもっと外へ広まるべきだ。その分、嫌な思いもするかもしれないが」

「行きます。私は自分の存在を、どこまでも広げていくつもりですから」

私がそう答えれば、カウディオ殿下は笑った。

私は外の世界へと、もっと飛び出していくことにした。

今、やっている自分を証明することはあくまで内側に縮こまったようなものだ。私がどこかに赴くことは少なく私の元へやってきた生徒へ言語について教えたり、カウディオ殿下や文官の方に聞いた話から対応策を練ったりといったものである。

——きっと外の世界は、カウディオ殿下がおっしゃっているように優しいばかりではない。嫌な思いも多くするだろう。

それでも飛び出すことを決めた私は……まずは、外交の場に連れ出してもらった。

カウディオ殿下と一緒に向かうのでは甘えてしまいそうだったから、一緒に行こうかという申し出は断った。

私はカウディオ殿下に寄りかかるではなく、並び立つ存在としてありたい。

「あなたがクレヴァーナ様ですか。王弟殿下から話は聞いています」

私と一緒に向かうことになった外交官は、最初は私を厳しい目で見ていた。

でも結果を出していけば変わっていくものがあるのだ。

『まぁ、あなたは我が国の言語も完璧に話せるのね？　素晴らしいわ。それに我が国の文化にも精通しているなんてっ！』

外交の場で他国からやってきた方と話す際に、私が知識として覚えていたその国の文化について話すと喜ばれた。

ただ言語を覚えて、話せるだけではいけない。

過去の私は他人の言葉を受け入れるだけで、それ以上のことなど全くしてこなかった。けれど、それは会話ではない。

私は周りから試されている状況だったけれど、純粋に外交の場で会話を楽しんでいる一面もあった。

スラファー国の外交官も、他国の方々も私を勝手に見定めている。噂から色眼鏡で見て、中には私が女の武器を使って交渉しに来たと失礼極まりないことを言っている方もいた。

そういう人たちに関しては、護衛についてくれた騎士たちが守ってくれたので問題はないけれど。

それにしてもそういう風に思う方が多いということは、それだけ女性という武器を使って交渉をしてくる方が多かったということかしら？　国への愛国心が強かったとしても、恋心のようなものを抱いてしまえばそれが揺らぐことだってきっとあるだろう。

スラファー国としてみても、そういうことが起こらないようにした方がいい。私は外交の場の改善点も、いくつか考えてみることにした。

意図せぬうちに後戻りできない状況にさせられてしまう可能性もあるものね。ある国では外交に出ていた王族が薬を盛られて、その国の貴族令嬢と関係を持ったことになり——それから大変な状況が続いたということもあるもの。

カウディオ殿下は私を好ましく思っていると言ってくださった。

スラファー国の皆様はなんとなく私とカウディオ殿下の関係を察してはいるようだった。でも……他国は違う。

カウディオ殿下は魅力的な方で、彼と親しい仲になりたい女性は沢山いる。私はカウディオ殿下が望まない形で誰かにはめられてしまったりするのは嫌だと思う。

私自身が離縁の際に、心当たりのない浮気をまるで本当のことのように言われたのだ。望んでいないのに勝手に決めつけられたりするという状況にカウディオ殿下も、それに他の外交官の方も陥るべきではないと思う。

そのための対策は十分に練っていた方がきっと今後のためになる。

あと私は魔術を使えなくても、魔道具に魔力を込めることはできるので、護身用の魔道具を自分で設計してみた。どのように術式を組み込めば、望む魔道具が出来上がるか。それを研究して組み立てていくのは本当に楽しかったの。あくまで魔術を使ったことのない私が理論上はできると判断して組み立てたものだったから心配だったけれど、上手くできていたみたい。

作成に関しては、本職に作ってもらったけれどね。

その職人はその魔道具の設計図を見て、表情をころころと変えていて面白かった。

「クレヴァーナ様は天才です！　ぜひ、この魔道具を作りましょう」

と意気揚々と言われた時には驚いた。

私は既存の魔術式をパズルのように組み立てていただけであって、何も特別なことなどしてないもの。それなのに天才だなんて言いすぎだと思ったのだ。

でもそれも私自身が私を過小評価しているとはカウディオ殿下には言われた。私が簡単なことと思っている設計は普通の人にはできないらしい。

一つ一つは理解していても、組み合わせることは難しい。そう言われていたものを私は組み立ててしまったのだと。

「だから君はもっと自分のことを評価すべきだよ。自分のことを証明すると決めたなら、よりそうするべきだ」

カウディオ殿下に言われた言葉に私ははっとして、改めてもっと自分を認めて評価しようと思った。

こういう魔道具作成は一歩間違えると大事故につながったりするので、流石にきちんと学んだ上でないと自分で作成できない。魔術式に関しては理解を深めているから、頑張れば作れるようになるかなと期待している。

そのためにも国内外で使える資格も取れるようになりたいななどと、やりたいことが盛りだくさんだ。

故郷にいた頃は、時間は山ほどあったのに全然動いてなかったなぁと今と比べると思ってしまう。

「クレヴァーナさん、私はあなたのことを誤解していたようです。カウディオ殿下がおっしゃっていたように本来のあなたは噂とは異なるようですね」

一緒に外交に向かった外交官は、私の働きを見てそう言って笑ってくれた。他の国の方々も私に謝罪をして、寧ろ私が本来とは違う形で噂されることを憤ってくれた。

——自分という存在を示し続ければ、こうして少しずつ過去の私が、今の私へと評価が塗り替えられていくようなそんな感覚がする。

もちろん、一筋縄でいかない人はいる。

そもそも私の評価が噂通りでなかったとしても、そういう噂が流されていたというだけで私を貶めたい人は多いのだから。

「このような場に出るのは苦痛ではないか？　私が愛人として飼ってやろうか？」

そんなことを言ってくるような男性もいた。その人は私の噂も、本当の私も——理解した上でそういうことを言ってくるのだ。

こういう台詞《せりふ》を言われてしまうのは、まだまだ私の証明が十分ではなく、隙があるからだろう。

そういう人たちが寄ってこられないぐらい、私がもっと強くなれたなら――もっと私は生きやすくなるだろう。

こうやって外の世界へと足を伸ばせば伸ばすほど、私は自分という存在の評価を改めていくことになる。

……私は自分のことを、まだまだ過小評価しているのかもしれない。自意識過剰と言われるかもしれないけれど、そのくらいに警戒しておくべきなのだ。離婚歴や子供がいるにしても、私の見た目は周りの目を引いてしまう。

寧ろそういう経歴があるからこそ、愛人などに簡単にできてしまうのではないかと思われがちな気がする。

そういうのを実感すると、離縁することになった女性は生きにくいのだろうなと思った。

結婚したことがあるとか、離縁したとか――そういうのはその人の一部でしかなく、その人を決めつける全てではない。

だけれどもどうしても――そういう一面だけを見てしまう人というのは案外多い。

私のことを悪評まみれだとか、英雄と離縁した経歴があるだとか――それだけでしか見ない人だって多くいるのだ。そういう人たちだって、今はともかくとして生きていれば周りから敬遠されるようなことを行ってしまう可能性だってある。そうした時に、それまでの周りへの対応次第では窮地に陥ったりしそうだなとも思う。

私はこの国に来られて、友人たちやカウディオ殿下に出会えてよかった。知識はあっても世間知らずな私がこうして生きていられるのは、周りに恵まれているからだ。

——本当に、この国に来た選択はよかったと思う。

もし周りに恵まれていなければ、私はこうやって噂や悪意に立ち向かおうとできなかった気がするから。

周りの人たちの中で、結局私のことを認めてくれない人はいるだろう。

それでもいいのだ。

私のことを認めてくれて、私が自分を証明することで、私の評価を見直してくれる人は少なからずいるのだから。

私はそう考えて、行ける限りの外交についていくことにした。ただし、故郷には足を踏み入れないことにしている。……故郷に行くにはリスクが大きすぎる。それにもし足を踏み入れるとするならば向こうが私の存在を認識してからの方がいい。

私の存在は人目を引いて、目立つらしい。

だから私の行動一つ一つが、周りにとっては良い意味でも悪い意味でも目立っているようだ。

こうしていろんな影響を私は人に与えている。それこそ良い影響も、悪い影響も様々だと思う。

それでも立ち止まるわけにはいかないので、私はただやれることをやっている。

実際に現場に赴いて、実践を行えることもとても良いことだ。実際に問題の起きている場所に赴くからこそ見えてくるものも沢山ある。

クレヴァーナ・シンフォイガという悪女を否定していた人たちが徐々に変わっていく。感謝の言葉を口にしてくれる人も多い。

基本的にはカウディオ殿下が贔屓《ひいき》しているだとか、私がカウディオ殿下と親しくしているからこそ評価されているだとか思われないように自分を証明する時はカウディオ殿下がいない場所で行うことが多い。

スラファー国の王族たちとも挨拶をしたり、親しくさせていただくことになった。

元々カウディオ殿下が話を通してくれていたのか、最初から彼らは私に対して好意的だった。もちろん、カウディオ殿下がこの国にとって特別な存在なのもあり、その目に警戒心は浮かんでいたけれど。

だけど私が自分を証明するために動き続けた過程で、彼らも私のことを認めてくれていた。

私が外交の時にカウディオ殿下を連れずに一人で向かうことを不思議そうにしていた。

「一緒に行けばよかろうに」

そんな風に簡単に陛下に言われて面食らった。

陛下からしてみれば私とカウディオ殿下が親しくしているのは喜ばしいことのようで、逆に公表していない状況だと私が誰かに取られてしまうのではないかと懸念していたようだった。

それだけの価値を私に見出してくれていることは純粋に嬉しかった。私が結果を出していなければ、そんな風にはきっと言ってもらえなかっただろう。これは私が頑張った結果なのだ。

「カウディオは異性にあまり関心がなかった。だからクレヴァーナがカウディオと出会ってくれてよかったと本当にそう思っているんだ」

……カウディオ殿下はいつも笑っていて、穏やかな方だ。

私にだけそうだと言われると、なんだか恥ずかしくて、それでいて嬉しかった。

「それなら、嬉しいです……」

私はそれだけしか言えなかった。

その様子を見て、王妃様はにこやかに笑っている。

「クレヴァーナは本当に魅力的だわ。美しく、近づけば怪我をしてしまいそうな雰囲気があるのに、実際はこれだけ可憐な姿を持ち合わせているなんて……面白いわ」

王妃様にはそんな風に言われて、くすくすと笑われた。

「そうですか？」

「ええ。そうよ。それでいて頭が良くて、様々な成果を出しているなんて本当にすごいわ。あなたがカウディオの足を引っ張るだけの存在だったら……認められなかったけれど、よかったわ。寧ろ私はあなたが義理の妹になってくれることを楽しみに思っているの」

寄りかかるだけの環境で、カウディオ殿下を頼ってばかりであったら問題だったのだろうなと思う。この国は、カウディオ殿下の周りにいる人物としてそういう人を求めていない。

……私がこうやって自分を証明しようとしなかったら、私は彼らに認められなかっただろうなと思う。

私にとって家族は、娘だけだった。ラウレータだけが大切で、それだけしかいなかった。

でも王妃様はそうか、私がカウディオ殿下と共にあるのならば、義理の姉になるのか。

そう思うと、なんだかむず痒《がゆ》い気持ちになった。

私は……家族が新しく増えるのは嬉しいと思う。それはきっと本の中で描かれているような家族関係が築けたりするのだろうかと期待している。

上手くいかないこともあるかもしれないけれど、それでも私はできる限りのことをしようと思っている。仲良くできるなら、仲良くしていきたいとそう思っているから。

「あなたがクレヴァーナ様？　父上たちに聞いていたけれど、すごく綺麗だね」

「叔父上からも沢山聞いているよ！」

王子殿下たちにもご挨拶をさせていただいた。

2人とも笑みを浮かべてくれていて、受け入れてもらえたのが嬉しかった。

ラウレータと接していたように、なるべく柔らかい口調を心がけて王子殿下たちと接した。

私は周りから誤解されやすい部分もあるから、そういうのは大切だもの。

「殿下たちはどのような勉強をなさっていますか？」

共通の話題だとどういうものがいいだろうかと、思いつかなくて勉強面について問いかけた。

ただ王子殿下たちは勉強をそこまで好んではないみたい。私は勉強することが好きだけど、そういう人は少ないと聞くもの。

「殿下、一緒に遊びませんか？」

私はそう問いかけて、ラウレータとよくやっていた遊びながら学べる方法を殿下たちと一緒に行ってみることにした。

こういうのは勉強だと明言して始めるからこそ、最初からつまらないと感じてしまったりするのだと思うの。だからこういう言い方をしてみることにした。

言語に関しても少しずつ学んでいるけれど難しいというので、遊びながら覚えられる方法を試してみることにする。

本を読むのはたまにならいいけれど、ずっと読むのは嫌だとそんな風に殿下たちは感じているようなので、学びと遊びを混ぜて一緒に過ごした。

陛下や王妃様からはその遊びによって、殿下たちが楽しそうにしていると喜ばれた。こうやって子供が学ぶことの楽しさを知ってくださるのも私は嬉しいなと思う。

そういう教育機関を充実させることも、きっと大事よね。そんなことも考えている。

私はこれから自分の望む未来をつかみ取るためにも、やはり証明し続けなければならないのだ。

それから私は魔物討伐の場にも、同行することを望んだ。

私は本を読むことで知識を身につけたけれど、こうして自分を証明するために動いていると現地の状況を知ることもずっと大事だと、そう思ったのだ。

それにその場にいるからこそ、該当の魔物に有効な魔術式を魔術師たちに案内することができるとそう思ったから。即座に判断して、魔術式を伝えることができても……、発動できる人がいるとは限らない。難しいかもしれないけれど、それでも私の知識で何か役立てられるのではと思ったのだ。

「クレヴァーナ。君は魔物討伐には行ったことがないだろう？　危険性は分かっているかい？」

「はい。分かっております。実際に魔物討伐に赴いたことはありませんけれど、それによって命を落としてきた人々の記録には目を通してきました。油断をすれば私も命を落としてしまう可能性はあります。それでも……私は同行したいと思いました」

カウディオ殿下は私のことを心配してくださっていて、だからこそこうやって言葉をかけてくれる。

大切な方からそのように言われたとしても、私は同行できるならついていきたいと思っていた。

「そこまでの覚悟があるのならば、私は反対しないよ。ただし魔物討伐には流石に私もついていく。私がいない時にはなるべく向かわないでほしい」

「カウディオ殿下……。心配してくださっているのですね。ありがとうございます。私は嬉しく思います。でもお忙しいカウディオ殿下に常に同行してもらうのは流石に……と思いますので、同行はできる限りにしていただければと」

「……なれるまでは私が必ず同行する。それ以上は譲歩できない」

「はい。分かりましたわ」

少しずつ私は自身を証明しているとはいえ、まだまだ私に対して懐疑的な方というのは多い。私の評価とされているものは、カウディオ殿下から与えられているだけのものではないか。見せかけだけではないかと、そう思っている方もいる。それにカウディオ殿下と親しくしている私を気に食わないと思っている方もいるのだ。

そういう状況で魔物討伐なんてものに同行しようとしていることを、カウディオ殿下は本当に心配なさっているのだ。

私自身は自分で魔術は使えず、かろうじて魔道具は使えるだけ。戦う力なんて持たない。だから足手まといになる可能性はあった。だけど……戦う力がなかったとしても役に立てたら、事業にできる可能性も高まるもの。

魔術が使えなかったとしても、それでも魔術式を読み解ければできることがあるのだと、それを示せたら……これまで何もできないと嘆いていた人たちだってできることが増えていくのだ。

私はこれまで自分には何もできないとそう思っていた。そういう環境から抜け出して、できることが増えていくと本当に心がうずくのだ。

カウディオ殿下は魔術を使える方なのだけど、私の教えた魔術式を理解し、すぐに実行できるのがすごいと思う。他の人ならばこんな風にはいかないはずだから。

「クレヴァーナの説明は本当に分かりやすいね」

「カウディオ殿下が優秀だからだと思います。私の説明を理解できない方も多いですから」

私の魔術に関する知識は理論上のものだ。実戦に基づいたものでは全くない。だからこそ、私の説明では理解できない人もそれなりにいる。……これからのためにも、もっと誰にでも理解ができる形で説明できるようになりたいなと思う。

既存の魔術式を分解して、組み合わせて、新しいものとして生み出すことも進めている。ただあくまで魔術を使えない私が進めているものなので、実戦で使えるかどうかは魔術師たちに確認を取ってもらいながらになるけれど。

人に害を及ぼすような凶暴な魔物を見たのは初めてだった。

だから最初は怯《ひる》んだりしたけれど、観察していればそれがどういう特性を持つ魔物か、どういうものが有効かというのを知識からひっぱり出してくることができた。魔物を観察することに慣れてくると、その場で新しい魔術式を作り出すこともできるようになっていた。

……普通は簡単に魔術式を理解したり、その場で組み合わせることは難しいらしい。

魔物討伐に同行していた魔術師たちにも驚かれてしまった。

おそらく私は記憶力や読解力が人よりも優れているのだろうというのは、こうやって自分を証明するために行動をしているとよく分かる。

魔物討伐に同行することで、野営などの経験もした。私が大切に育てられた貴族令嬢だったならば、こうやってついていくことはできなかっただろう。最初はいろいろと足手まといな面もあったけれど、少しずつできることが増えていき、討伐隊たちからも認められていくのが嬉しかった。

そうやって自分を証明しながら、エピスの街にも顔を出した。私に悪意を持って接する人がいないとは限らないので、仲良くなった騎士たちを連れて向かった。

私の噂が街にも出回っているからか、街を出た時とはまた違う雰囲気になっていた。

私に対して気まずそうにしている人もいれば、心配をして話しかけてくる人もいる。ゼッピアたちには手紙は送っていたけれど、直接会うのは久しぶりだった。私が元気に過ごしていることを知って、嬉しそうにしていた。

ゼッピアたちと話すのはとても楽しかった。

もちろん、私が何をしたとしてもクレヴァーナ・シンフォイガという悪女として見ている人もいないわけではないけれど、それでも私の存在証明は少しずつ進んでいると言えるだろう。

私の噂を信じてしまったと、謝罪をする人もそれなりの数がいた。私はそれに関しては許した。とはいっても以前と同じような関係性ではいられはしないけれど。

そして王都に戻ったあとは、また活発に私は動き出した。

そうやって過ごしているうちに、いつの間にか1年もの月日が流れていた。

◆◇◆◇◆

「クレヴァーナ様、この前はありがとうございます！」

「クレヴァーナ様、今日も素敵ですね」

1年も経てば、私の評価も覆る。

それは私がこの1年間、自分を証明するための行動をし続けた結果である。

私が王城を歩いていると、沢山の人たちが声をかけてくるのだ。それは好意的なものばかりで、私はその事実が嬉しい。

この1年の間、私はがむしゃらに行動を起こしてきた。そうして国から勲章をもらうこともできた。

こうして勲章をもらうことは、とても名誉なことなのだ。国のためになる功績を残した者にのみ、それは与えられる。

周りが言うには、たった1年の功績でそれをもらうこと自体が異例なのだそうだ。それに基本的に男性がもらうことが多いらしく、女性の身でもらうのも珍しいのだとか。

国王陛下が私にそれを与えて、私に良くしてくれているのは様々な功績を残している私に国に留《とど》まってほしいと思っているからだろう。

勲章を受け取ったと同時にその証としてピンバッジをもらった。高価な素材で作られていて複製ができないようにされているそれは、常に私の胸元で光っている。

こうして自分のやってきたことを認められるのは、とても嬉しいことだった。

私の名は、明確にこの国とそして周辺諸国に広まっている。

外交などでも活躍しているし、スラファー国と交友のある国で自分の知識を使って問題解決に取り組んだりしてきた。だから沢山知り合いが増えてきた。

ありがたいことに私のことを好きだと言ってくれる人もそれなりにいる。私に恋愛的な意味で告白してくる人もいれば、ただ単に一人の人間として好ましく思ってくれている人もいる。

ただそういう好意を向けてくるのは、私がこうして活躍したからというのもある。私が……大人しくしたままの、こうして活躍することのなかった私だったらこれだけ好意を向けられることもなかっただろうな。

悪評まみれのクレヴァーナ・シンフォイガのままだったならば、王城で働いているような優秀な存在は私を見ることなどなかっただろう。寧ろ自分の悪評をはねのけることもできない不出来な存在だと思われた可能性が高い。

本当に、たった数年でこんなに私自身とその環境が変わっていくなど思っていなかった。だけど、こうやって自分の世界というのは、一歩踏み出せば変わっていくのだ。

私は国政に大きく関わっているというのもあって、今は常に護衛をつけてもらっている。

私が暮らしているのは、王都の文官たちが暮らしている寮だ。基本的にその寮には貴族などは少ない。王都に家を構えている人が多いからだ。寮に住んでいるのはまだ若い新米文官や平民の出の文官ばかりである。

カウディオ殿下の屋敷にずっといてもいいとは言われていたけれど、私とカウディオ殿下の関係はまだ恋人というわけではない。だからいつまでもお世話になるのは違うと思った。

それは私がまだ証明の途中だから……。ああ、でも私の証明は上手くいっているから、そろそろ自分から……恋人になりたいと言ってもいいかもしれない。

そんなことを最近考えている。

カウディオ殿下とは、時折一緒に仕事をして、一緒に過ごしてはいる。

私もカウディオ殿下も忙しく動いているけれど、手紙のやり取りをしたり、本の話はよくしている。

カウディオ殿下からの手紙も、言葉も――全てが私にとって特別な宝物だ。

互いに忙しくてしばらく会話を交わせなかった時、カウディオ殿下は手紙でしばらく会えなくて寂しいとおっしゃっていた。親しくなればなるほど、年相応な姿を見せてくださったり、少しずつ素を見せてくださるのが嬉しい。

それが私にだけ見せてくれる姿だと、より良いなと思う。

……私は自身の証明をして、自分のことを考えてほしいとそう言った。

だけどそれ以上に、この1年で好意がどんどん上乗せしていった。私はカウディオ殿下が、私以外に微笑みかけているのは寂しくて悲しいとそう思ってしまう。

こういう独占欲満載の自分に本当に驚いた。

私自身に対する評価が上がってきたというのもあり、私がカウディオ殿下と話していても特に何かを言われることはなくなった。

私が自分自身を証明するためにと動き出した当初は、いろんな視線で見られてきた。噂を真に受けて私に何かを言ってくる人はいたけれど……。ただしばらくしたらそういう声は直接言われることはなくなった。そのあたりはカウディオ殿下が動いてくれていたかららしい。というのは陛下や王妃様たちに聞いた。

……私が動きやすいように、私がやりたいようにできるように見守って、動いてくれている。そうやって陰で動いてくださっていることが、嬉しかった。

私も――沢山の人たちと知り合ったからこそ、それらの情報網を使ってカウディオ殿下が大変そうな時は私が救えるように――。

国に仕える魔術師たちと一緒に国に役立つ魔術を生み出すことなども進めている。それに伴って、情報を扱う部隊とも一緒に仕事もしている。……彼らは私がカウディオ殿下と恋人未満友人以上な関係だと知っているので、何かあると教えてくれたりするのでとても助かっている。

この1年で、魔道具に関する資格も私は取った。無事に取りたかった資格を取れて、ほっとしている。

魔道具の設計と作成を進めるのも楽しい。

特許を取ったものもある。これまで作られてこなかった魔道具を作成したりなどもしたので、そのあたりのおかげで私の貯金は潤っている。

そうやってお金に余裕ができてくるといろいろとできることも増えてくるので、時間があればやったことのないことに挑戦したりしている。

「クレヴァーナ様、カウディオ殿下がこれから迎えに来られるって」

「今日も仲が良いわね」

……私とカウディオ殿下は、恋人関係ではない。

だけど、カウディオ殿下は特に私への好意を隠してはいない。というか……周りから見ればバレバレらしいのだ。あと、私がカウディオ殿下と話している時の態度も踏まえて分かりやすいようだ。

それは私だけに当てはまるものではなくて、カウディオ殿下も私と話している時の様子が他の人とは違うのだって、そう言っていた。

両片思いという状況を周りから温かく見守られているような状況で……恥ずかしいけれど、私がカウディオ殿下の傍にいるのを周りが受け入れているのは嬉しいことだとは思っている。

友人になった人たちには「自分の証明とか関係なしに早く付き合えばいいのに」などと言われていたけれど、これは私なりのけじめなのだ。

「『王弟の愛した知識の花』って、すごくぴったりの呼び名よねぇ」

「……その呼び名、恥ずかしいのですが」

「恥ずかしがる必要はないわ。だって、あなたはこの地でカウディオ殿下に愛されて、その才能を開花させているのだから、ぴったりの呼び名だもの。祖国と、元夫では咲かせられなかったクレヴァーナを、カウディオ殿下だけが咲かせられたなんてとてもロマンチックで素敵じゃない」

そんなことを言われて、私は少し恥ずかしくなってしまう。

『王弟の愛する知識の花』。

――それは、この1年の活躍を讃えて、いつの間にか周りが呼び出した私の呼び名である。

――愛しい人からの愛を十分に注ぎ込まれて、その結果、美しく咲き誇った。

――その才能は王弟の隣だからこそ、開花した。

――愛する人の傍だからこそ、彼女は美しく咲き誇る。

そういう、恥ずかしい噂がささやかれている。これはある意味、意図的に流されているものでもあるようだ。

……私とカウディオ殿下がそういう仲であることを広めることも一つの目的のようだ。

この1年で私は目立ちすぎたから。そういう仲であると広めていた方が私を守ることになるからということらしい。あと人はこういう物語性のあるロマンチックな話が好きだ。私もそういう話を聞いたら、素敵だなときっと思うから。

そういう情報操作も重要なことなのだと、今の私はよく知っている。

「『クレヴァーナの花びら』たちも大活躍しているわね」

「はい。皆、活躍してくれていて、とても嬉しいです」

『王弟の愛する知識の花』という呼び名をされている私が、言語や他の知識も含めて教えた生徒たちのことは『花びら』と呼ばれているのだ。

なんというか、すごくおしゃれな呼び名だと思い、私は気に入っている。

彼らは嬉しいことに、私に連なる者として『クレヴァーナの花びら』と呼ばれていることを誇りに思っているらしい。最初は私に対して様々な疑念を考えながら学びに来ていたというのに、純粋に慕ってくれていることが嬉しいと、そう思う。私自身も『花びら』と呼ばれる子たちは大切な教え子だと、そう思っている。その『花びら』の筆頭が私の一番最初の生徒であるクラセリアとサンヒェルの2人だ。よく分からないけれど、『花びら』の中でも彼らは特別らしい。

言語以外に魔術式や魔道具作りに関する生徒などもいて、そうやって生徒が増えていくことは嬉しいことだった。

ただそうやって私と私の生徒たちの名が広まれば広まるほど、私に教わりたい人は増えていく。

そうなれば全員に教えることは難しい。最初はそういう人たち全員に教えられたら……と思っていたけれど、それは難しいので『クレヴァーナの花びら』になるための試験のようなものが行われることになった。それを通過した人と、私が直接教えたいなと思った人には教えるようにしている。

私の『花びら』と呼ばれる方たちも名を広めていて、『花びら』から教わることも誉《ほま》れのように思われているようだ。

私の手が届かないところを、彼らが対応してくれる。

私は一人しかいないから、一人で全てを対応することなんて難しい。それができるような天才もいるかもしれないけれど、私はそうではないから……周りの助けを借りながら生きていく。

「クレヴァーナ、お疲れ様」

友人たちと話をしながら作業を進めているとカウディオ殿下が迎えに来られた。

周りから温かい目で見られながら、私とカウディオ殿下はその場をあとにする。

「一つ話があるんだ」

カウディオ殿下からそう言われて、なんの話だろうと不思議に思う。

私たちは王城の空き部屋で会話を交わすことにした。

「クレヴァーナの祖国であるロージュン国の王族が君に会いたがっている」

「そうなのですか……。彼らは私のことに気づいたのですね」

「ああ。寧ろ気づくのが遅かったというべきか……。あの国に対して情報操作はしていたが、スラファー国の『知識の花』がクレヴァーナ・シンフォイガと同一人物だとは中々結びつかなかったらしい」

私が自由に動くためにも、下手に祖国からの介入があると厄介だということは分かっていた。だから、そういう風に情報操作はしてもらっていた。私が活躍するようになってからは、私のことを〝クレヴァーナ・シンフォイガ〟というよりも〝スラファー国のクレヴァーナ〟として認識する人の方がずっと多くなっていた。

だから気づくのが遅かったのかなとは思う。

あとはこうしてスラファー国にやってきたから思うけれど、祖国は実力主義というか、戦う力のある人たちの発言力が強かったように思える。そういう国だからこそ、自分の意思で動こうともしなかった私は捨て置かれていたのかな。

「クレヴァーナはどうしたい？」

カウディオ殿下は、きちんと私の意思を聞いてくれる。

私のためになんて口にして勝手に行動などはあまりしない。

自分を証明するために行動を起こす中でいろんな人と出会って、その中には誰かのためにと自分を犠牲にしたり、何も言わずに大きな決断をする人がいたりした。それを喜ぶ人もいるかもしれないけれど、私は自分で選択させてもらえる方が嬉しい。

「私は……行きたいです。今の私をロージュン国にも示したいと思います。それに娘にも会いたいですから」

私がそう言ったら、カウディオ殿下は笑った。

そして驚くべき言葉を口にする。

「クレヴァーナ。結婚しようか」

その言葉に私は驚いてしまう。

「いつまでも待つと言ったのにすまない。クレヴァーナ自身はまだ自分の証明ができていないとそう思っているかもしれない。それでもロージュン国に足を踏み入れるのならば、クレヴァーナはこの国の国民に正式になっていた方がいい」

カウディオ殿下にそう言われて、気づく。

私は条件を満たしていないから、まだこの国の正式な国民ではない。そのまま祖国に足を踏み入れれば面倒な事態に陥る可能性は十分にある。そのことに私はようやく気づいた。

「私自身がクレヴァーナと早く結婚したいと思っているのもあるけれどね」

「カウディオ殿下……」

「生き生きとして自分の知識を活用し、様々なことを成し遂げていく君はますます輝いている。だから他に取られてしまわないかと、私は心配しているんだ」

そんなことをまっすぐな口調で言われて、私はこくりと頷いてしまった。

「……私も、カウディオ殿下と結婚したいです。祖国に足を踏み入れるからというのもあるけれど、私自身が……そ、その、あなたを自分のものにしたいというか、結婚したくて……」

恥ずかしいけれど、こういうことはきちんと口にすべきだと私は思っている。

だからそう口にした。

一度目の結婚は、政略的なものだった。そこに私の意思などはなかった。…今の私は、自分の意思で結婚する。

私の言葉に柔らかい笑みを浮かべたカウディオ殿下は、私に手を伸ばし、そして口づけをした。

——そして私とカウディオ殿下は婚姻届けを出した。

「行こうか」

「ええ」

——私とカウディオは結婚した。

とはいえ結婚式は挙げておらず、教会に届け出を出しただけだけど。陛下たちは私たちが結婚すると聞いて喜び、証人部分にサインを入れてくれた。

結婚したので、呼び捨てにするようになった。口調も、以前より崩した。それはカウディオ殿下が望まれたから。

結婚というのが、こんなに幸福なことだとは私は知らなかった。

好きな人の、奥さんになる。

それだけでもこれだけ心が高揚している。

私はカウディオと一緒にロージュン国を訪れる。護衛は多めにつけてもらった。あとは自分で作成した護身用の魔道具も持ってきていた。

私に対する噂は、ロージュン国でも様々流れているようだ。

乗っている馬車に向かって何かを投げようとした人は騎士に捕らえられていた。やっぱりこの国はまだ私に対する悪意のある噂がそれなりにあるんだなと思う。

この国を飛び出す時、私はもう二度とこの国に足を踏み入れないかもと思っていた。離縁された時はこうして、誰かと結婚しているなんて思ってもいなかった。

「クレヴァーナ、不安かい？」

「少しだけ。でもカウディオがいるからなんでもできる気がするわ」

私がそう言って笑えば、カウディオも笑った。

なんだろう、本当に不思議な気持ち。

大切な人が傍にいるだけでこんな風に前向きで、安心できるとは思わなかった。

じっと真正面に座るカウディオを見る。……優しい笑みを見ていると、ドキドキする。私は好きだなとそればかり感じてしまう。

「なら、よかった。君の娘に会うのも楽しみだな」

「私も……。ラウレータは私のことを覚えているかしら？」

私は娘のことを思う。

6歳になっているであろう。私の娘。

自分の証明を始めてから、娘や嫁ぎ先、あとは実家の情報も調べた。元夫は新しい妻とは上手くいっているらしい。妊娠しているという噂も聞いている。ラウレータは……新しい公爵夫人を受け入れてはいるらしいと聞いている。だから実際にラウレータと会って、娘自身の話を聞いてから、それからのことは考えようと思っている。

実家の家族には特に会う必要もないので、ロージュン国の王家と嫁ぎ先であるウェグセンダ公爵家とは会う予定があるが、それだけである。

そうしてカウディオと会話を交わしながら、ロージュン国の王城にやってきたわけだ。私がここに足を踏み入れるのは初めてだ。スラファー国の城とはまた違う。

案内のためにやってきた文官は、私に何か思うところがありそうだった。だけど普通を装った対応で、私たちのことをロージュン国の王たちがいる場所へと案内してくれた。

「ようこそ、来てくださった。スラファー国の王弟殿下と、夫人よ」

私がカウディオと婚姻したことも、きちんと把握はしているらしい。

ロージュン国の陛下はともかくとして、王妃様に関しては……笑っているけれど笑っていない様子だった。私に何か文句などでもあるのだろうか？　でも会ったこともないので、そんな態度をされる謂れはない。なので、目を合わせてにっこりと笑みを向けておいた。

それからしばらく世間話をしたあと、私の話になる。

「夫人はスラファー国で大活躍をしているようだな」

「我が国でも同じように活躍してくれればよかったのに」

……陛下の言葉のあとに、王妃様にそんなことを言われる。

ああ、そうか。

私がロージュン国ではなく、スラファー国で活躍していることに対して思うことがあるのだろう。スラファー国と同じように、ロージュン国で私が活躍していたら……いろいろ世界は変わっていたかもしれない。

とはいえ、私の実家は逆に魔術の使えない私がそれだけ目立てば、彼らは私を気に食わないと思っただろう。それどころか……もしかしたら排除されていたかもしれない。私がこの国で取るに足らない存在だったからこそ、ああいう状態でいられたのだと思う。

「王妃よ、やめないか！」

「大丈夫です。それより、王妃様のお言葉に答えさせていただきますね。この国にいた時の私は、自分の知識を何かに使うことや自分で行動を起こすことを考えてもいませんでした。シンフォイガ公爵家に生まれながら、魔術を使えないという理由だけで私を捨て置いていたのはこの国です。十分な養分を与えられてこそ、花は咲き誇ります。私はこの国に残っていても、今のように咲き誇ることはできなかったと思います」

ロージュン国でも活躍してくれればよかったのにと言われても、きっと残っていても私は活躍などできなかっただろう。

離縁されて、沢山の人たちと出会って——そして今の私がいるのだ。

「夫人よ、王妃がすまなかった。それに……この国にあなたがいた際も、我々は手を差し伸べることはなかった」

「謝罪はいりません。この国にいた頃の私に、周りから手を差し伸べる価値があったとは私も思いません」

おそらく私がスラファー国で『王弟の愛する知識の花』と呼ばれるほどに活躍してこなかったら、彼らは謝罪などしなかっただろう。それも当たり前だと思っているので、特に何か感じることはない。

「……そうか。ならば、あなたやあなたの『花びら』たちに我が国から知識を求めることは許可してくれるか？」

「私の許可はいらないと思いますが」

「『クレヴァーナの花びら』たちは、あなたを蔑ろにした我が国に対して思うところがあるからと頷いてはくれないのだよ」

スラファー国とロージュン国の関係は悪いわけではない。私はともかくとして、私の生徒たちに関してはロージュン国に関わらないようにとは告げていない。友好国でも私の生徒たち『花びら』と呼ばれる人たちが活躍したりもしているのだが、この言い方からするに彼らは徹底的にロージュン国に関わろうとはしていないのだろう。

「そうなのですね。ならば正式に、許すと言っておきましょう。『花びら』たちにも自分の意思で決めてもらって構わないと帰国後に伝えておきます」

おそらく私の許すという発言が必要なのだろうなと判断したため、私はそう告げるのだった。

そうすればロージュン国の陛下は、ほっとした表情を浮かべていた。

王妃様は何か言いたそうにしていたが、陛下に睨まれてそれ以上何も言わなかった。

おそらく私に思うところはいろいろあるのだろうなとは思う。

それでも私の影響力が強くなりすぎてしまっているから、これ以上何も言えないのかもしれない。

「また我が国の貴族令嬢があなたの噂を意図的に流したことは申し訳なかった。社交界の場などでもあなたの噂を流し続け、その結果、面白おかしく情報が広まってしまった。どうやらあの者は……王弟殿下から注意を受けていたにもかかわらず、裏で夫人の噂を広めていたようだ。伯爵はそのことを重く見て、彼女を辺境へと送ることにしたとのことだ」

「そうですか」

「ああ。令嬢がスラファー国の『知識の花』に対する無礼を行っていることで、伯爵の立場も悪くなっている。……それは我が国全体に言えることだが。夫人の活躍に救われた者たちは数多いのだ。だから、夫人が我が国を許すと発言してくれて助かっている」

私の活躍により、この国の人々は他国から冷たい目を向けられているのは想像できていた。私が周りに認められれば認められるほど、そういう傾向にある。それでこの国も苦労はしているのではないかと思う。

外交の際に私の名を聞くことも多くなっているだろうから。

そう考えると私は……本当に今なら、なんだってできるのだろうなと思った。ちょっとくらい無茶なことでもきっと交渉ができる。だってこの国は……私に無理強いはできない。仮にこの国を訪れた私に何かあれば、周りが黙っていないから。

私の立場はそれだけ確立されている。

そういう立場に自分がなっていることも、なんだか不思議。

「陛下、そのような我が国を捨てた者に――」

「王妃よ……。何も分かっておらぬな？　『知識の花』に反旗を翻されれば、我が国はひとたまりもない。下がるがよい」

陛下はそう言って、王妃様を下がらせることにしたようだ。騒いでいた王妃様は騎士たちに連れられてその場を退場していった。

ひとたまりもないなどと言われたけれど、そこまでの力が私にあるのだろうか？　自分で考えてみる。私は今、王弟であるカウディオの妻で、国内外で新しい制度を試したりとか、外交で活躍したりとか……様々なことを行ってきた。

私は私の生徒たちや、スラファー国や他国の要人たちと沢山交流を持ってきた。おそらく、私に何かあれば皆、動き出すのだろうとは思う。スラファー国としても、私に何かあるのは望むところではない。

ああ、確かに……私はやろうと思えば陛下が言っているようなことができるかもしれない。ただ理由もなしにそんなことを行えば、私の評判もまた変わるだろう。だから仮に、ロージュン国と何かあったとしても……考えて、周りに相談しながら行動は起こそうとは思う。

世界が広がれば、それだけ周りへの影響力も増していくのだと改めて実感する。

私の知識と、影響力はこの国にとっても見逃せないものになっているのだ。

「そういえば……シンフォイガ公爵家とは関わる気はないと聞いている。あ奴らは関わりたがっているようだが、王命で命じているから安心してくれていい」

「ありがとうございます」

カウディオは私が主導で会話を交わしているのを許してくれている。私が何かしら問題のある言動をしていたら止めてくれるとは思う。

それからしばらくの間、世間話をした。

「王弟殿下は本当に素晴らしい夫人をお持ちだな」

カウディオにもそんな話が振られる。

「私にとっては自慢の妻です。これからも私の隣で咲き誇ってほしいと、そう願ってます」

カウディオがそう言って笑ってくれて、私にとってもカウディオは自慢の夫だなとそう思った。

目を合わせて、笑い合う。

それだけで本当に幸せな気持ちでいっぱいになった。

そうして話していると——

「ウェグセンダ公爵がお越しになられました」

そんな伝令が来た。

私の娘も、これからここにやってくる。ラウレータは今、どんなふうに成長しているだろうか。それを考えただけで、なんとも落ち着かない。

……元夫のこととか、その再婚相手のこととか、あんまり頭を占めていない。私は薄情なのかもしれない。

でも正直言って、私にとっては娘のことが第一なのだ。

この国で、私に笑いかけてくれた娘。私のことを「お母様」と笑顔で呼んでくれていた娘。

どこか私は、興奮している。

だって、娘に久しぶりに会えるから。もしかしたら2年ぶりだからラウレータは私を覚えていないかもしれない。でもそれでもいい。

こうしてまた娘に会えるだけで、私は嬉しいのだから。

娘とこれから一緒に暮らせなかったとしても……それでも交流を持つことは許してもらえるだろうか？　娘はどういう選択をするだろうか。

「お母様っ‼」

目の前にまず飛び込んできたのは、鮮やかな黒色。

愛らしい声と共に、飛び込んできたその存在に私も飛び出す。

そしてその小さな体を抱きしめる。私が抱きしめれば、ぎゅっと抱きしめ返してくれる。

私の腕の中で、「お母様に、会いたかったの」と言って泣いているラウレータに胸が痛くなる。

「ラウレータ！」

私がラウレータと抱きしめ合っているのを、その背後から見ている元夫とその再婚相手の姿が映る。

彼らは驚いた顔をしていた。元夫であるデグミアン様がこんな顔をしているのは初めて見た。

私は一度目の結婚期間中、元夫と関わることはあまりなかった。デグミアン様は、公爵家を継いだばかりで忙しそうにしていた。それにその周りにいた者たちは私という悪妻がデグミアン様の妻であることを認めていなかった。

「君は……そんな顔ができたのか」

私が考えていたのと同じことをデグミアン様は感じていたようだ。……私たち夫婦は、互いに歩み寄ることをしてこなかった。だからこそ、互いにこういう表情を見るのは初めてだと思うとなんだかおかしく思えた。

「それはお互い様です。私もデグミアン様がそんな風に表情豊かに驚かれるとは思いませんでした」

私はラウレータを抱きしめたまま、デグミアン様の方を向いて言う。

「……そうか。君の噂が、事実無根なものだったことを知った。すまなかった」

「いえ、私こそ……その状況をどうにかしようとは全くしていなかったので、その点は申し訳ありませんでした。もっと行動していればきっと違ったでしょうから」

気まずい雰囲気だ。デグミアン様はいろいろと私に対して思うところがありそうだった。そういう視線で見られても、正直私はそこまでの感情を抱いていない。私にとって元夫は過去のことでしかない。

後ろにいる再婚相手の女性が不安そうにしているから、そういう態度はやめてほしいとは思う。もしかしたら後悔などがあるのかもしれないけれど、そういう一度目の結婚を経験したからこその今の私がいるのであまり気にしないでほしいと思う。私は今、自分のことが好きで、幸せを感じているから。

「デグミアン様、ラウレータが望むのならば――、私のところで引き取ることはできますか？」

私がそう問いかければ、デグミアン様は驚いた顔をした。

「ラウレータを引き取る？」

「はい。この1年、私が活発に動いてきたからこそ悪評のあるクレヴァーナ・シンフォイガではなく、私自身の評価は上がってきていると思います。だけど、この国では違うでしょう？私の影響力はこの国ではまだ小さいと思います。寧ろ、私の噂を信じられずにいる人も多いでしょう。そういう環境に私の娘であるラウレータがいるのは大変だと思います。それに……私自身がラウレータと一緒がいいと思っています」

他の国に比べて、この国にはまだ私に対する悪意のある噂がはびこっている。噂の大元であるロージュン国内では、ずっと昔から私に対する噂が流れていた。それは他の国に比べるとずっと根深いものだ。

私は貴族たちの通う学園になんて通ったことはなかったけれど、ラウレータはそういう場所にも行くだろう。……その時に、この国にいたままだと大変かもしれないなと思っている。

「……それは確かにそうだな。ロージュン国ではまだまだ君の噂は多すぎる」

デグミアン様はそう口にする。

私が自分の存在を証明すると決めてまだ1年しか経っていない。その間に私は沢山の行動をして、実績を上げてきた。とはいえ、私の悪評を信じている人はまだいる。私の評価は覆ってはいるけれど、全員が全員、私のことを認めているわけではないのだ。

この国に残ったままだと、ラウレータは嫌な思いをすることにはなってしまうだろう。

「ラウレータが望めば、引き取りたいです。もちろん、デグミアン様と会わせる機会も作ります」

私がそう言えば、デグミアン様は考えた様子を見せて頷いてくれた。

「ラウレータ」

私はまだ泣いていて、私たちの話なんて聞いていない娘に話しかける。

「なぁに？」

「ラウレータはこれから、どこで生きていきたい？　お父様のところ？　それとも私のところ？」

真っすぐに目を合わせてそう問いかければ、ラウレータは一瞬驚いた顔をする。

「それって、お母様と一緒にいられるってこと？」

「ええ。あなたがそうしたいなら。その場合は……この国ではなく、今、私が暮らしているス

ラファー国へと向かうことにはなるわ。そして今の生活とはがらりと変わってしまうことになるの。だから、そのあたりはちゃんと自分の気持ちに正直にね」

ラウレータに分かりやすいように、そう告げる。

「お母様、私は――」

そしてラウレータは答えた。

エピローグ

「わぁ、お母様、綺麗!!」

私はスラファー王国へと帰ってきた。ロージュン国へと向かうからと、取り急ぎ婚姻届けだけ出していた状況だったので帰国後、結婚式を執《と》り行うことになっていた。

今日は、その結婚式の日である。

私の目の前には、娘であるラウレータがいる。

ラウレータは、「お母様と一緒に行く」とそう答えてくれた。

……ラウレータは頭が良い子だった。まだ6歳なのに、周りの状況をよく見ていた。デグミアン様の再婚相手――継母《ままはは》になった相手とも上手くやっていたのは、そうする方が良いと自分で判断したかららしい。

嫌いなわけではないが、あの再婚相手の女性は私の噂を信じ切ってラウレータのことを〝悪評のある母親がいてかわいそうな子〟として接していたようだ。思いやりはそこにあっただろうけれど、それでも分かり合えるような感じではなかったようだ。

デグミアン様に関しても、私がスラファー国で活躍することがなければ私の悪評を信じ切ったままだったのではないかと思う。

そもそもの話、声をあげて、行動した人の言った言葉が広まるのは当然なのだ。言われた側が大人しくしていれば、結局それが真実として広まってしまう。……私は反論をしようとも考えにも至ってなかったから、広まったのだろうなと思った。

反抗をしてこなかった私が、こうして自分を証明し続けることでロージュン国も、シンフォイガ公爵家も、ウェグセンダ公爵家も……大変な状況ではあるようだ。

私はロージュン国の国王に許すと口にし、私の『花びら』と言われる者たちにもロージュン国に力を貸すかどうかは自由だとは言ってある。とはいえ、心情的には私のことがあるから知識を貸し与えたりなどあまりしないようだ。……私の最初の生徒であるクラセリアとサンヒェルが『花びら』たちを統制して、「ロージュン国内でのクレヴァーナ・シンフォイガの噂が偽りであるということ、そしてクレヴァーナ様の正しい評価が広まるようになることが知識を貸す条件である」とロージュン国に告げているようだ。

私と私の生徒たちの間で生まれた新しい技術なども、その条件が達成されるまでは与えられない状況なので、その原因となったシンフォイガ公爵家とウェグセンダ公爵家は針の筵《むしろ》状態になっているらしい。

私の可愛い娘は、なんとなくそういう状況も理解していたようだ。でも思えば私が少し教えただけでも、昔からすぐに理解していたからなと思う。

……ラウレータを私の元へ連れてくることができたのも、私の今の立場があるから。ただ1年に何度かは、私がウェグセンダ公爵家を許しているということを示すためとラウレータを父親に会わせるために交流を持つことは決まったけれど。

シンフォイガ公爵家に関しては、私に接触しようとしてきたりしていたが、全部事前に止められている。あまりにもそういう行動をし続けるなら、ますますその立場は悪くなるだろう。

「クレヴァーナ、今日は一段と綺麗だね」

「カウディオも素敵だわ」

結婚衣装を身に纏っているカウディオは、とても素敵だった。

私たちがそう言って笑い合っているのを、ラウレータはにこにこしながら見ていた。

大好きな人がいて、娘がいて、そして周りから祝福される結婚式。

――離縁された時は全く想像もできなかった、今がある。

私はなんだか、その事実が夢みたいだなと思った。だけど、確かにこれは現実だ。

「カウディオ殿下、クレヴァーナ様、お時間ですよ」

そう声をかけられる。

「行きましょう、カウディオ」

「ああ」

そして私たちは腕を組んで、式場へと入場するのであった。

——祝福される結婚式を得て、私はこれからもカウディオの隣にいる。

愛しい人が傍にいてくれるのならば、私はきっと、一生涯咲き続ける。

◆◇◆◇◆

クレヴァーナ・スラファー。

その名はスラファー国を発展させた存在として語り継がれている。

国内の制度を発展させ、数多くの言語を使いこなし、国防に役立つ魔道具なども生み出した。

その才能は多岐にわたると言えるだろう。

ただし彼女の唯一の欠点として魔術が使えないことがあげられていた。

また彼女の逸話で有名な話の一つに、過去に悪女として名が広められていたことがある。生まれ故郷であるロージュン国では、彼女は苦労していたと伝えられている。

ロージュン国では芽吹かなかった才能が、スラファー国では咲き誇ったとして彼女は『知識

の花』と呼ばれた。

——私がこの国で咲き誇れたのは、カウディオを含む周りに恵まれたから。

彼女の死後発見された日記には、そんな一文があったとか。

なんにせよ、彼女は王弟殿下の傍で咲き続け、幸せな一生涯を送ったことは間違いない。

番外編　デグミアン・ウェグセンダはかく思う。

「『王弟の愛する知識の花』クレヴァーナ・スラファーがまた快挙を達成した……か」

私はデグミアン・ウェグセンダ。

ロージュン国のウェグセンダ公爵家当主である。

私は新聞の文字をなぞりながら、呟きを発する。

新聞に描かれているのは、クレヴァーナ・スラファー、要するに私の元妻のことだった。

ウェグセンダ公爵家である私と、クレヴァーナが離縁したのは3年ほど前の話だ。クレヴァーナは隣国であるスラファー国で活躍をし続けている。

それこそ国内外にまでその名は広まり、クレヴァーナのことを知らない者の方が少ないだろう。それだけの活躍を彼女はし続けている。

そしてその姿は、この国にいた頃には全く考えられないものだった。

王妃殿下などは、クレヴァーナがロージュン国ではなくスラファー国で活躍していることに思うところは多いらしい。クレヴァーナの活躍を見る度に癇癪《かんしゃく》を起しているらしく、陛下が疲弊していたと知り合いの貴族に聞いた。

そういう風に彼女が隣国ではなく、我が国で咲き誇り結果を出してくれていたら……と純粋に嘆く人々も多い。

私に対する評判も正直言って落ちている。

知識の花を咲かせられなかった男。妻の冤罪の悪評を信じ切って、疎んでいた馬鹿な男。周りに流されるがまま、金の卵を逃がしてしまった見る目がない男。

……そんな風に思われているというのは十分に理解している。

クレヴァーナを慕っている者たちには、本当にゴミを見るような目で見られることもある。

『クレヴァーナの花びら』と呼ばれている者たちは、渋々だがロージュン国に知識を貸すことはある。クレヴァーナが「許す」と口にしたからこそそういう状況に至っている。そうでなければクレヴァーナとその『花びら』たちの知識は、我が国に落ちてくることはなかっただろう。

クレヴァーナは周りも含めて、様々なものを発展させている。

生活レベルだったり、魔術に関してだったり——本当にその活躍を目にする度に、驚いてしまう。

「何か一つでも異なれば、また違った未来があっただろうな……」

私はそう呟きながら、クレヴァーナとのことを思い起こしていた。

◆◇◆◇◆

元々私自身はウェグセンダ公爵家を継ぐ予定ではなかった。その血は継いでいても、そのような予定はなかった。私には2人の兄がおり、そのような必要もなかったのだ。

だから私は自由気ままに生きていた。

最終的には騎士になれたらと思っていた。というのも昔から騎士というものに憧れていた。子供の頃に本で読んだ騎士も、実際に人々を守るために行動している騎士も——純粋にかっこいいなと思っていたのだ。

騎士になるための学園に通い、そこで親しい仲間たちもでき……、充実した日々を送っていた。

そしていざ学園を卒業し、騎士として行動している中で青天《せいてん》の霹靂《へきれき》が起きてしまった。

「父上たちが……!?」

不幸なことに家族たちが亡くなってしまった。

両親と一番上の兄は馬車の事故で亡くなった。天候が悪い中、領民たちの要望に応えて行動していた先でそのようなことが起きたようだ。

そして二番目の兄は魔物にかみ殺されてしまった。蛇の姿をしたその魔物は凶悪で、数々の犠牲者を生んでいた。このまま放置していれば、国も危機に陥るだろうとそんな噂が流されていた。

私は悲しみに暮れていた。

家族が一斉にいなくなってしまうなどとは考えてもいなかったのだ。祖父母も既に亡くなっており、ウェグセンダ公爵家の直系は私一人になってしまっていた。

だから私が公爵家を継ぐようにと言われていた。

……純粋に悲しんでいる暇など全くなかった。

二番目の兄をかみ殺した魔物を討伐するために仲間たちの力を借りて行動を起こした。その結果、何人かの犠牲者は出てしまったが無事に件《くだん》の魔物を倒すことができたのだ。

親しくしていた者がなくなってしまったり、怪我をしたりすることは悲しかった。

大怪我を負って騎士として活動できなくなってしまった者は、ウェグセンダ公爵家で雇う形になった。まぁ、怪我などしていない者も俺の下についてくれると言った騎士は多くて、屋敷に仕えてもらうことにした。

元々ウェグセンダ公爵家に仕えていた使用人や侍女たちも多くが残ってくれた。

ただ領主交代に伴い、違う道に進む者たちも多くいた。私のことを昔から知っている執事長や侍女長なども変わっていった。

無事に陛下から爵位を賜《たまわ》り、公爵家当主として私は歩み出すことになった。

……その中で難航していたのは、婚姻相手だった。

難航していた原因はいくつかある。

ウェグセンダ公爵家が次々と不幸に見舞われてしまったこと。元々予定になかった私が公爵位を継いだことで領地内が少なからず混乱していたこと。魔物を倒した際の姿が悪い風に周りに伝わっており恐れられていたこと。

それに加えてウェグセンダ公爵家の直系が私一人になってしまったこともあり、王家からも分家からも……十分な魔力を持つ相手を妻として迎えるようにと言われていた。

ウェグセンダ公爵家は国内でも魔術師の家系として有名だった。

その血を十分に継いだ素晴らしい子供が生まれてくる必要がある。そんな風に言われた時は嫌な気持ちになった。それはまるで子供を道具のように扱っているように思えたから。

それから周りの協力を得て、婚姻相手を探す日々が始まった。

元々騎士として働いていた私は、正直言って領主としての内政能力はそこまで高くない。婚姻相手を探すことに関しても、上手くいかないことばかりだった。

なんというか、腹芸がまだまだ得意ではない。

これから慣れていけばいいとそんな風に周りには言われたが、いくら新米の領主だからといって周りに甘えてばかりではいけない。

そう思いながら行動を起こす中で、王家から提案されたのがシンフォイガ公爵家との婚姻だった。

シンフォイガ公爵家は、ウェグセンダ公爵家と同じく魔術師の家系である。

過去に国内で名をはせた有名な魔術師などを算出した素晴らしい魔術師の家系だ。シンフォイガ公爵家には3人の娘がいた。

長女は既に嫁ぎ、その先で素晴らしい働きをしている貴族夫人だ。

三女は優秀な成績で学園を卒業し、見目も良いと評判だった。

……次女に関しては、悪評が流されており外にはあまり出てこないので分からない。学園にも通えないほどの能力値しかないと、そんな風にも言われている。

だから婚姻を結ぶとしたら評判の良い三女になるだろう。

そう誰もが思っていた。

……しかし結果としてウェグセンダ公爵家に嫁ぐことになったのは、国内でも有数の悪女として有名な次女であるクレヴァーナ・シンフォイガだった。

元々こちらが希望していた令嬢は、私の噂を聞いて嫁ぎたくないと嘆かれたそうだ。シンフォイガ公爵からは「ウェグセンダ公爵に数多の支援をしよう。代わりにその不出来な娘をもらってくれないか？　子供が生まれたあとは離縁してもらって構わない」とそんな提案をされた。

私を慕う者たちは、このようなことはあってはならないと憤慨していた。あのクレヴァーナ・シンフォイガを娶るなんて断るべきだと、そう口々に皆が言った。

……しかし今のウェグセンダ公爵家の状況を鑑《かんが》みると、シンフォイガ公爵家の提案を受け入れた方が都合がよかった。

元々王家から提案されているこの婚姻を断れば、王家の心証も悪くなるだろう。それに公爵位を継いだばかりの私と違い、シンフォイガ公爵家は社交界でも力を持つ家だった。その影響力は凄まじいものだ。この婚姻を断れば、ますます私は婚姻が難しくなる可能性があった。

これも私自身が戦うことはできても、当主としての能力がまだ足りないからだ。

私が上手く立ち回らなければ、いくら歴史の長いウェグセンダ公爵家とはいえどうなるか分からない。

それにシンフォイガ公爵側は外にも出すことのできない令嬢を娶るということで、その分素晴らしい援助をしてもらえるのだ。

何か問題を起こした瞬間、すぐに離縁すればいいだけである。

そういうわけで私たちは、そのクレヴァーナ・シンフォイガを受け入れることにした。

「初めまして。クレヴァーナ・シンフォイガです。これからよろしくお願いします」

貴族らしい美しい礼をするその女性——初めて見るクレヴァーナ・シンフォイガは噂の通りの悪女のようには見えなかった。

美しい銀色の髪が風になびく。薄黄緑色の宝石のような瞳は、まっすぐにこちらを見据えている。

吊り上がった目と、豊満な身体。異性ならひと目で釘付けになりそうな美女がそこにいる。

「当主様」

思わず見惚れてしまった私の体を、騎士の一人が肘でつつく。

「彼女は数多の男性と親密だと名を馳せているクレヴァーナ・シンフォイガです。くれぐれも騙されることのないように」

その言葉にはっとする。

……いくら見た目が美しいといえ、噂の通りに見えなくても彼女はそのような存在なのだ。

だからこそ私は気を引き締める。

「よろしく頼む」

私はそれだけ言って、クレヴァーナから視線をそらして踵《きびす》を返したのだった。

そのまま早急に結婚式を行うことになった。

事前に交流を深める場など不要だとでもいう風に、私がそれまでクレヴァーナと会うことはなかった。

それは親密になってしまえば、女性経験も貧しい私がすぐにほだされてしまうのではないかと懸念されたからだと思われる。実際に貴族の男性が女性のハニートラップに引っかかり、大変な目に遭ったという事例も私は知っている。

ウェグセンダ公爵家はバタバタしている状況だからこそ、そういうものに引っかかるわけにはいかない。

「奥様はとても美しい方ですね。これからお仕えするのが楽しみです」

そう告げている侍女には、執事長から注意がいったようだ。

なんせ、クレヴァーナ・シンフォイガはこれまでどれだけシンフォイガ公爵家が問題を起こさないように行動を起こし続けていたとしても、あれだけの悪評が広まるほどに動いていたのだ。それは周りの人々を魅了していたからと言われていた。同性であろうとも、クレヴァーナの手足となられるのは困る。

少なくとも公爵夫人が、そのような言動をし続けられると困るのだ。

そういうわけで屋敷の使用人たちにもクレヴァーナのことを共有し、親しくしないようにとは徹底することにした。

結婚式で間近に見たクレヴァーナは、とても美しかった。

ウエディングドレスを見に纏い、美しく着飾ったクレヴァーナは一目見たら忘れられないような——そんな美しさを持っていた。

私自身はクレヴァーナの噂を知らなかったら、そのまま騙されてしまったことだろう。彼女と遊んでいたという男性たちは、こういう部分に魅了されてしまったのだろうなと思った。

クレヴァーナは不思議な雰囲気の女性だった。

穏やかに微笑み、こちらからの要求を受け入れる。婚姻前のように自由にされてしまったら困ると思っていたが、特に文句を言うこともなくただ受け入れる様子には驚いてしまった。だけど、それも演技なのだろうとウェグセンダ公爵家内では結論付けられた。

それだけクレヴァーナは警戒しなければならない対象であったのだから当然である。

初夜の時にもまた驚くことがあった。

クレヴァーナが男を知らないように思えたから。

ただクレヴァーナは元から薬や魔法を駆使して、男を知らない状況に体を戻しているという噂が出回っていたので、ウェグセンダ公爵家を騙すために行動した結果だろうと思えた。

気を抜いてしまえば、ほだされてしまいそうな、夢中になってしまいそうな魅力が、クレヴァーナには会った。

……ずっとクレヴァーナと体の関係を重ねていると、離縁ができなくなりそうだった。

だから早く子供ができればいいと思った。

そして何度か肌を重ねたあと、クレヴァーナは妊娠した。

そこからはなるべくクレヴァーナには関わらないようにすることにした。

自分の子供が生まれると考えると、不思議な気持ちになった。クレヴァーナとの関係性は最低限で、そんな相手との子供でもこれだけ嬉しくなるとは思ってもいなかった。

「デグミアン様、子供が生まれたといっても奥様に対しては警戒心を失わないようにしてください」

「しかし……結婚してからこれまでの間、クレヴァーナはなんの問題も起こしていないが」

クレヴァーナは予想外に妊娠するまでの間、ずっと大人しかった。

噂通りの様子は全く見せずに、寧ろその噂の方がおかしいのではないかと思えるぐらいだった。だから、そういう懸念を口にする。

「デグミアン様！　その油断がいけないのです。彼女はあのクレヴァーナ・シンフォイガですよ！　男性を落とす術など百も承知の悪女です。そのような方だからこそ、デグミアン様の気を引くためにはなんだってするのですよ」

そんな風に言われる。

周りの者たちはそういう言葉ばかりを口にする。

あのような男慣れしていない様子も、私やウェグセンダ公爵家に関してそこまで関心がない様子も、贅沢に慣れていないように見えるのも――全て演技だというのだろうか。

だというのならば、なんて恐ろしいことだろう。

気をつけていても、その演技に騙されてしまいそうになることがある。

私も周りから注意されていなければ、そのまま騙されてしまっていただろう。

その後はクレヴァーナになるべく近づかないように心がけるようにした。私がほだされたふりをして本性をあぶりだすのも一つの手だったが、周りから不用意に近づくと気づけば手遅れな状況に陥ってしまうかもしれないと心配されたからというのも大きい。

私が領主という立場でなければ、他にもやりようがあったかもしれない。けれど私は領主として下手な行動をとるわけにはいかなかった。

ただでさえウェグセンダ公爵領は、領主交代があったばかりでばたついているのだから。

それに国内ではちょうど魔物が増えている時期である。そのあたりの対応をしなければ、領民たちが大変な目に遭ってしまうことは目に見えている。

だから私はクレヴァーナとなるべく関わらないようにしながら、領主としての仕事をこなしていった。

流石に妊娠中のクレヴァーナの様子を確認することはたまにはしていたが……。

「おめでとうございます。デグミアン様、女の子ですよ」

そして生まれたのは――私とクレヴァーナの髪と瞳の色をそれぞれ受け継いだ子供だった。

ラウレータと名付けられたその子が女であることを残念がる者も多くいたが、私としては性別関係なしに子供が生まれたことは喜ばしかった。

抱きかかえた時にあまりにも小さくて、すぐに壊れてしまいそうなもろさがあって驚いた。

魔物討伐などをよく行っている私が触れて良い存在なのだろうか、などと思ってしまい、接し方も悩んだ。

「ラウレータ」

娘の名を呼んで、穏やかに微笑むクレヴァーナは母親の顔をしていた。

その様子を見ていると当たり前に子供を慈しんでいる母親にしか見えなかった。そういう姿を見ていると、どうしてもほだされそうになってしまう。

――もしかしたら離縁なんてする必要ないのではないか。このまま穏やかに時が過ぎていくのではないかと、そんな気持ちにさえなった。

でも周りからしてみれば、そういう態度もほだされていると言われる一環であるらしかった。

私自身がそのような考えに至っていること自体がクレヴァーナの策略なのだとそう言われ、

そのようなことを言われてしまえば行動のしようがない。

その後は忙しく過ごしながら、ラウレータの成長を見守る日々だった。

クレヴァーナはその間、大人しくしていた。噂されるようなことは何一つ行わず、寧ろ周りからラウレータとの関わりも制限されている状態だった。

あまりにも長期間、クレヴァーナとラウレータが接していると悪影響を与えると判断されていたからだった。

……クレヴァーナとラウレータを完全に会わせない環境を作るべきではないかという意見も当然あった。だけど、ラウレータが産まれた時の母親としてのクレヴァーナの表情を思い出すと、躊躇してしまった。

私は中途半端なのだと自分でも思う。

クレヴァーナに対して、どうしていくべきかという判断をずっと悩んでいた。

私がそうやってはっきりしない態度をし続けているからこそ、余計に周りは心配していた。

私の配下についている者たちは優秀で、信頼できる者たちばかりである。だから、私は彼らがクレヴァーナのことを見ていてくれていることに安心していた。

クレヴァーナがこのまま、なんの問題も起こさなければそれでいいのにと思いながら、時折交流を持つ。

クレヴァーナはラウレータと接している時は、他の者と話している時と雰囲気が異なるように見えた。

ラウレータに向かって本を読んでいたり、共に庭園を歩いたり……本当に当たり前の親子としての姿がそこにある。

その様子だけを見ていると、クレヴァーナが噂通りにはやっぱり見えない。

けれどそれでも……大人しく過ごしているように見えるクレヴァーナの噂はいろいろと流れていた。

実はウェグセンダ公爵家に愛人を呼んでいるだとか、大人しくしているのはあくまで油断させるためだとか、このまま心を許したらそのまま公爵家を乗っ取られてしまうだとか。

ずっとそのような噂が流れ続けていた。

……本人は大人しくしているように見えるのにである。

私はどういう風に自分が動くべきなのかが、こうして考えているとますます分からなくなる。

そうやって過ごしているうちに、気づけば6年も経過していた。

私や周りの予想では、もっと早くにクレヴァーナがやらかすと思っていた。

その予想に反して、クレヴァーナは大人しくしていた。

けれど、クレヴァーナの浮気の証拠を配下が持ってきた。

それは私も信頼している部下で、証拠として連れてこられた男にも心当たりはあった。

「奥様から誘われてしまい、断れなかったのです！」

そう言って嘆く下働きの男は、確かに最近クレヴァーナの近くで見かけることがあった。

この6年の間、クレヴァーナはそのような証拠を一切残してこなかった。私はこの6年のクレヴァーナを見ているとそういう風なことをするようには見えなかったが、やはりクレヴァーナはそうなのだろうか。

……その下働きから、クレヴァーナが子供を産むという役割を終えたあとで遊び出したなどという情報を事細かに聞いた。側近たち曰《いわ》く、その証拠も掴んでいるという話だった。

――彼らは私がクレヴァーナといつまでも離縁しないことに、痺《しび》れを切らしていた様子だった。

私のことを大切に思い、ウェグセンダ公爵家のことを思えばこその言葉なのだろうと思う。

私はクレヴァーナが浮気をしたことがショックだった。それと同時にこれも区切りだと思った。私はなんだかんだ、6年間も夫婦だったからクレヴァーナを切り捨てられずにいた。あまり関わることはなかったが、それでもそうだった。

「……クレヴァーナと離縁する」

だから、私はそれを決断した。

「私は浮気などしておりません」

クレヴァーナは、浮気を問い詰めても全く動揺する様子はなかった。

いつも通りの様子でただそれを告げるだけ。……クレヴァーナはなんというか、取り乱したりなどほとんどしない。美しく微笑んでいるけれど、何を考えているのか分からない。

周りの者たちは、クレヴァーナのそういう態度に苛立っている様子だった。

まだ認めて謝罪をするのならば……とそんな思いもあったが、クレヴァーナはそういう態度だった。

離縁を言い渡しても……ラウレータのことは気にしても、私のことは気にしない。

周りは子供への執着を、ラウレータを利用するためなのではないかと口にしていた。

「分かりました」

離縁すると言った言葉をクレヴァーナはただ受け入れて、そしてそのまま生家へと戻って行った。

シンフォイガ公爵家に戻された彼女はどうなるのだろうか。そのまま幽閉のような扱いになるのか、それともどこかに後妻として嫁ぐ形になるのか。

……私が気にすることではないだろうが、そのことは少しだけ気になった。

クレヴァーナが去ったあと、ラウレータはそれはもう泣いて悲しんでいた。周りからはそのうち落ち着くだろう、幼いから忘れていくものだと言われた。

「ラウレータ様があれだけ泣きわめいているのも、そういう風に接していたからでしょう。これで会わせてしまえばあの悪女の思うがままです！」

泣きわめくラウレータをクレヴァーナと会わせない方がいいと、そう周りから言われていた。

私もその方が良いのかもしれないと思い、泣きわめくラウレータに心を痛めながらシンフォイガ公爵家から知らせが来ても会わせないようにという指示はしていた。


……その後、しばらくしてクレヴァーナがシンフォイガ公爵家を勘当されたと聞いて驚いた。


「……たった一人で放り出したと？」

年若い、それも美しい見た目をしているクレヴァーナをたった一人で追い出したらしいと聞いて、私は正気を疑ってしまった。

なぜならいくらクレヴァーナがシンフォイガ公爵家にとって恥で、離縁されてしまうような不出来な娘だったとしても——シンフォイガ公爵家の高貴な血を継いでいることには変わりがない。

それを外に容易に出す理由も分からない。そんなことを王家は許可しているのだろうか。

それにクレヴァーナのような女性を一人で外に出すのは死を望んでいるのと変わらない行為である。

魔術が使えるのならばともかく、クレヴァーナは魔術を使うことは全くできない。それでいて武器を扱うこともできない。貴族の血筋を除けば、ただのか弱い女性でしかないだろう。

クレヴァーナは美しい見た目をしているので、それを狙うよからぬ輩も出るだろう。

そして貴族として傅《かしず》かれることが当たり前だったクレヴァーナがどのように一人で生きていくというのだろうか？　まぁ、離縁の際に渡したお金などもあるので誰かを雇うなどはできるだろうが。

それでも侍女などをつけて追い出すことや、神職に付けるという名目で修道院に入れるなどの方法もあったはずだ。それなのになぜ、勘当なのだろうか。

私の周りにいる者たちは、そのことで晴れ晴れした様子だった。

クレヴァーナが死んでも、大変な目に遭っても良いとでもいう態度にはなんとも言えない気持ちになった。……寧ろクレヴァーナがいなくなって喜んでいるようだった。

私は複雑な気持ちでいっぱいだった。

クレヴァーナに対して、思うところは様々あった。だけど仮にも6年も妻だった女性で、死んでほしいとかいなくなってほしいとか、そこまでの感情を私は抱いていたわけでは決してなかったのだ。

そもそも誰かに死んでほしいとか消えてほしいとか、そういう感情を笑顔で語るものではないのにと思ってしまう。

昔から知っている仲間を配下につけたわけだけど、彼らがそういう風なことを語るとは思ってもおらず驚いた。

私のことを慕ってくれているからこその言動だとは思うけれど、そういう風な言葉は私の前では言わないでほしいとは伝えておいた。そしてなるべくそういう言動はしない方がいいとも言ったが、陰でどう言っているかまでは把握できていない。

ラウレータが大きくなって、クレヴァーナに会いたいと言うのならば会わせることを検討しなければならないと、そんな風には思っていた。しかしこの状況ではクレヴァーナは亡くなっている可能性も高いのではないか。

ラウレータにはクレヴァーナがそういう危険な状態に陥っているかもしれない、もう二度と会えない可能性が高いなんて言えなかった。

そんなことを言えば、ますますラウレータは悲しみに暮れてしまうだろう。

それからクレヴァーナがどうなったか気になってはいたが、表立って調べることはできかねた。クレヴァーナと離縁したことを周りは心から喜んでいた。私がクレヴァーナのその後を気にしていることは周りに悟られるべきではなかった。

例えばクレヴァーナが平穏に生きていたとして、私が気にしていると未練があると思われてしまい、周りが騒がしくなることは目に見えていた。それに勘当されてすぐならともかく、今は……もうずいぶん経っている。

その段階で探したところで悲しい結果が待っているだけではないかなど、そういうことを考えてしまっていた。

周りは私に相応しい相手と再婚をさせようと行動を起こし始めていた。クレヴァーナと結婚する時と違って、今回は縁談が多く舞い込んできた。

それは昔と違って、私に対する評判が変わっていたからと言えるだろう。

あの悪女と呼ばれているクレヴァーナと結婚していたことを同情されている。それでいてクレヴァーナが比較的大人しくしていたのは私の手腕だとか、そう囁かれていた。

そんなことは全くない。

あとはクレヴァーナのような悪妻も受け入れたのだから、自分でも……と思っている女性が多かった。

そういう女性への対応は疲れた。

ラウレータに対して悪い扱いをするような存在とは当然再婚はできない。

こうして様々な女性とお見合いをすればするほど、正直クレヴァーナとの結婚生活の方が楽だったなと思ってしまった。

周りからは良い母親になれる、公爵夫人となるのに相応しい身分の素晴らしい女性だと推薦された女性はそうではなかった。

……なんというか、私の意思など全く関係なく自分勝手な存在が多い。

私はこれまで結婚していたから、こういう風に女性が近づいてくることは少なかった。クレヴァーナとの不仲は噂になっていた。とはいえ、結婚しているということは少なからず抑止力になっていたのだ。

周りからは再婚を促され、いざ会ってみても共に人生を歩んでいきたいと思えるような女性とは巡り合えない。

……クレヴァーナよりは誰でもマシなのだと、そんな風に皆が口にする。だけれども私に直接関わってこようとする女性の方が鬱陶《うっとう》しく感じてしまう。後妻と前妻の娘が上手くいかない例も多々あると聞いているので、何よりもラウレータが嫌な思いをしない相手の方がいい。

それにしてもどうしてこうも揃いも揃って、私の意思を無視する者たちばかりなのだろうか。

ラウレータのためには母親がいた方がいいと周りは言う。私もクレヴァーナを恋しく思って嘆くラウレータを見ていると、そうは思う。

新しい母親がいればラウレータの心も晴れるはずだろうから。

けれど結婚したいと思えるような相手と巡り合えることはなく、どうするべきかと悩みながら過ごしている中で彼女――キーリネッラと出会った。

明るい茶髪の、貴族にしては屈託のない雰囲気の女性。私は気づけばキーリネッラに惹かれていた。

穏やかな雰囲気で、一緒にいて心地が良い。

その性格に私の周りの者たちも、すっかり魅了されていた。そんなキーリネッラに対して恋愛感情を抱いているような貴族たちも多々あった。それだけ彼女が魅力的であったからだろう。

女性へのアプローチなどしたことがなかった。自分からこのように異性に好意を抱くことなどなかった。初めての感情に私は戸惑っていた。

だけど周りの手を借りながら、キーリネッラをお出かけに誘ったり、プレゼントを渡したりを続けた。

その結果、

「デグミアン様、私はあなたのことが好きです」

嬉しいことにキーリネッラは私に心を返してくれた。

好意を抱いた相手が自分に好意を返してくれることが、こんなにも幸せであることを私は初めて知った。

ただいくら私がキーリネッラのことを好ましく思っていたとしても、ラウレータが嫌がるのならば考えなければならないと思った。

キーリネッラは素晴らしい女性だからこそ、ラウレータも何度か接していくうちに受け入れてくれるとは信じている。ほっとしたことにラウレータは、キーリネッラを受け入れてくれた。

徐々にクレヴァーナのことを話すことも減っていき、笑顔を見せているように見えた。

周りも、ラウレータがようやくクレヴァーナのことを忘れてくれたのだと喜んでいる様子だった。

ラウレータはキーリネッラのことをリネ母様と呼ぶようになった。

ラウレータがいつも親しくしているのは、レナリという侍女だった。他の侍女よりも親しくしているようだ。娘は周りと仲良くすることが上手い。私は親しい者たち以外とはそこまで交流を持つことが得意ではない。貴族の当主となってしまったからには、そのあたりは頑張っているつもりだが……。

ラウレータは人と仲良くなることが得意だと思う。

気難しい相手ともすぐに仲良くなっているイメージだ。私自身、公爵家当主として忙しくしており、ラウレータと接する時間は限られている。それでもラウレータとの交流はできる限りはしている。

私がそんな調子なので、キーリネッラは特にラウレータのことを気にかけてくれていた。

2人が少しずつ仲良くなっているのを見るのは喜ばしいことで、これからの未来に対して希望が持てる。

こうやって家族として形になっていくのだと思っている。

キーリネッラが妊娠したと聞いても、ラウレータは笑ってお祝いの言葉を口にしていた。

こういう場合、子供が嘆き悲しむこともあると周りから聞かされていたが、ラウレータにはそんな心配はいらなかったようで安心した。

キーリネッラは公爵夫人として一生懸命な様子を見せており、周りの貴族たちからの信頼も得ている。

貴族の中には当然、ウェグセンダ公爵家をよく思っていないものもいるが、そういう存在であってもキーリネッラに好意的な者が多く、ほっとした。

貴族同士は横同士のつながりも大きい。そのため、こうやって周りの貴族とも良い関係を築けていることは喜ばしいことだ。

このまま穏やかに日々が過ぎていくのだろうなと、そう思っていた。

だけど、予想外の噂が私の耳に入ってきた。

――クレヴァーナ・シンフォイガがスラファー国で大活躍をしている。

――王弟に愛され、『知識の花』と呼ばれている。

そんな信じられないような噂。

「クレヴァーナが？」

私の知るクレヴァーナは、そのように大活躍をするようには思えなかった。何かしら特別なものを持ち合わせているわけではなく、魔術師の家系でありながら魔術を使えない。そのせいでひねくれてしまい、奔放《ほんぽう》な行動をしていたとも言われていたのだ。

私の周りの者たちは、口々に「本性を隠している」「隣国の王弟殿下は騙されているのだ」と言っていた。

カウディオ殿下に関しては、私も噂は存じている。

スラファー国の国王陛下を支える未婚の美しき王弟。同性である私の目から見ても、華やかで素晴らしい活躍をしている方だ。

スラファー国内でも、他国でも評判の高い存在。

そんな存在がクレヴァーナを特別視しているというのが信じられなかった。

クレヴァーナは美しい存在だけれども、カウディオ殿下ならば見目麗しい存在をいくらでも見たことがあるはずである。

それに元々この国の貴族令嬢が、クレヴァーナに関する嘘か真か分からないカウディオ殿下との噂を流していた。その時はカウディオ殿下がクレヴァーナに騙されたりなどするはずがないと、周りも一蹴《いっしゅう》していたはずだ。

「クレヴァーナ様がカウディオ殿下と……。悪事に手を染めてなければいいのですが……」

キーリネッラは心配そうな様子で、そう告げていた。

まだ離縁前のクレヴァーナは国内で悪評が広まっていただけだった。しかし、もしカウディオ殿下に対して行っていることが悪事であるのならば……それこそ大陸一の悪女といった風な存在にされてしまうかもしれない。

そうなれば、ラウレータが大変な状況に陥るだろう。

私はクレヴァーナが無事であったことにはほっとしたが、カウディオ殿下と親しくしていることにはそういう心配事項があった。

配下の者たちに調べてもらうことにはしたが、私は気が気じゃなかった。

私の下についている者たちは、カウディオ殿下はクレヴァーナに騙されているだけだから救わなければならないと考えているようである。

私もそのことは懸念しているが、聡明だと評判のカウディオ殿下が異性に簡単に騙されてしまうとは思えなかった。

なら、クレヴァーナのことを知った上で傍に置いている？　それはそれでよく分からなかった。

「クレヴァーナ・シンフォイガはスラファー国全体を騙しているようです」

「あのような悪妻であった女が、『知識の花』などといってもてはやされているなどありえません！」

周りの者たちが調べた結果、後ろ暗い噂などは全く出てこなかったようだ。

それどころか入ってくる噂はほとんどがクレヴァーナを賛美するものである。中には悪い噂もあったようだけど、それは信憑性のないものが多かったらしい。

ロージュン国内では元々のクレヴァーナの所業や噂などもあって、クレヴァーナに対する非難や悪評はまだあるようだが、他国ではどうやら違うようだ。

……クレヴァーナは『王弟の愛する知識の花』と呼ばれ、クレヴァーナから学んだ生徒たちは『クレヴァーナの花びら』などと呼ばれるようになっているそうだ。そして彼らはロージュン国以外でその知識を披露し、活躍をしているそうだ。

クレヴァーナがロージュン国に足を踏み入れないのは、もしかしたら何かしらの復讐の意図でもあるのだろうか？

「あの女は権力を手にして、我が国を貶めようとしているに違いありません」

そういう者もいたが、本当にそうなのだろうか……？　と私自身は疑問を抱いたりしてしまう。

昔のクレヴァーナのことを思い起こす。

掴みどころがない雰囲気で、怒りなどという感情一つ表に出さなかった。穏やかに微笑みながら、ただその場に存在していた。

……この屋敷にいた頃のクレヴァーナも何を考えていたのか、私には分からない。

夫婦という立場であったことは確かだけれども、クレヴァーナの思考は読めなかった。

何をしようとして、何を思って……クレヴァーナは隣国で『知識の花』などと呼ばれる立場にあるのだろうか。

シンフォイガ公爵家側もそれが疑問なのか、彼らは怒りを口にしていた。

……その時に彼らのクレヴァーナに対する悪感情が見て取れて、もしかしたらそういう環境だからこそ彼女は悪女へと至ったのかもしれないとは思った。誰にも相手にされることがなく、そのことに不満を感じていたのだろうか。

そこには同情はするが、それでも悪評が広まるような行動をしたことに関しては庇《かば》いようがない事実だ。

ラウレータに会いにシンフォイガ公爵家の者たちは時折こちらの屋敷を訪れるが、私自身シンフォイガ公爵家には少しは思うところがあるのであちらにラウレータを連れて行くことは全然しなかった。

「クレヴァーナを罪に問わなければなりません。我が家から、まさか王族を騙すようなものが産まれるとは……！」

「あの子がカウディオ殿下に気に入られるようなことはありえない」

彼らは口々にそう告げ、クレヴァーナに接触して説教をしようと考えていたらしい。クレヴァーナも折角命が助かったのだから、大人しく目立たずに生きていけばよかったのにとは思った。

彼女が何を思って、今の状況にあるのか分からないがカウディオ殿下に近づけばこのような状況に至ることは分かったはずである。それが分からないようで『知識の花』と呼ばれているのならば、それは私の周りが言っているようにハリボテの地位でしかないだろう。

私も公爵家当主として今のクレヴァーナに会うことがあるかもしれない。その際には……クレヴァーナの本音を聞いてみたいとは思った。

——事態が急変したのは、それからしばらくが経過してからである。

我が国の国王陛下が我が家とシンフォイガ公爵家に対し、虚言を広めることはやめるようにという通達があった。

私はなんのことかすぐには分からなかったが、調査した結果……私の意図せぬところでクレヴァーナの悪評を配下たちが広めていたようだ。

それは正義感からくるものだった。

カウディオ殿下をクレヴァーナという悪女から救い出さなければならないという、その気持ちから動いていたらしい。

王家から派遣された文官に、配下たちは自信満々に口にしていた。

「彼らにも悪気があったわけでは――」

「ウェグセンダ公爵様、あなたはもしかしてクレヴァーナ様がこの家の奥様だった時からそうだったのですか？」

「そうだったとは……？」

文官の言葉に疑問を口にする。何を言いたいのだろうか。

「配下のことを信じすぎてしまう点です。それは褒められるべき点でもあると思いますが、配下が自分の奥方の嘘偽りにまみれた噂を信じ切っているのならば咎めるべきだったかと思いますが。今回もクレヴァーナ様が隣国のカウディオ殿下と親しくしているからといって、悪評を改めて広めるという情報操作をしています。それはあなたが知らなかったで済ませていいものではないかと」

淡々と告げられる言葉に、私は驚く。

その間に周りの者たちは「デグミアン様に失礼だ」などと騒ぎ始める。……そんな彼らを文官は冷めた目で見ている。

文官が護衛として連れてきた騎士たちに、話をするのに邪魔だからと彼らは連れて行かれた。

……確かに今の状態の彼らがいると、ゆっくり話はできないだろう。

幸いにも今、キーリネッラとラウレータは出かけていていない。今のうちに話を終わらせよう。

「……嘘偽りにまみれた噂とは？」

「クレヴァーナ様のロージュン国内での噂についてです。あなたはそれが一つの真実も含まれていないことをご存じでしたか？」

「……一つの真実も含まれていない？」

私は意味が分からなかった。

なぜなら火のない所に煙はたたない。それなのに一つも真実が含まれていないとはどういうことだろうか。

「……本当にウェグセンダ公爵様は、周りのことを信頼しきっていたのですね。その結果、我が国は『知識の花』を手放すことになってしまった。クレヴァーナ・シンフォイガに関する噂は全てただのでまかせです。それを行っていたのはシンフォイガ公爵家であり、クレヴァーナ様は嫁ぐ前も、嫁いだあとも屋敷から出してもらうことも最低限しかなく、悪評をただただ流され続けたかわいそうな女性ですよ。異性関係の噂に関してもクレヴァーナ様がではなく、その姉妹の方の行いを被っていただけのようです。魔術が使えないというただ一点のみで、そのようにされてしまったことに同情しかありません。……私も調べるまでは知りませんでした。それに知ったところで国内にいた頃のクレヴァーナ様を助けようなどとは思わなかったかもしれません。だから私たち国民は全員同罪ではありますが……ウェグセンダ公爵様は仮にもクレヴァーナ様と6年間も夫婦だったのですから、クレヴァーナ様にもっと関心を持ってもよかったのではないですか？　いくら悪評まみれの妻だったとしても……夫婦であったというのに、クレヴァーナ様の噂を信じていたなんて、周りが見えていないにもほどがあるかと」

私は文官の言葉を聞いて愕然《がくぜん》とした。

王家から派遣された文官は、クレヴァーナをかわいそうな女性だという。

流されていた悪評は全てでまかせであると。嫁ぐ前も、嫁いだあとも屋敷から出してもらうこともなかったのだと。異性関係の悪評に関してもクレヴァーナではなく、その姉妹の行いなのだと。そしてそれはただ魔術を使えないという欠点があったからだと。

……全てが、でまかせだった？

クレヴァーナは穏やかに噂を否定することはあった。でもひと欠片も感情的な様子はなく、本気で否定しているかどうかも分からなかった。

周りはそんなクレヴァーナを見て、私に騙されてはいけないと言った。近づきすぎればその虜《とりこ》になってしまう可能性があるからと。

……だけど、本当にクレヴァーナがそういう悪評まみれの女性ではなかったのなら。

私の顔は青ざめていく。

「それと離縁の原因となったクレヴァーナ様の浮気についてもあなたの配下が依頼して、冤罪をかけたようですよ。６年間も自分の敬愛する主の奥方に収まっているクレヴァーナ様が許せなかったのでしょうね。だからといって自分の主の妻にそのような冤罪をかける働きをする者は流石に解雇をした方がいいかと」

「冤罪……？」

「そうです。配下を信じきってしまっていたウェグセンダ公爵様は疑っていなかったようですが、クレヴァーナ様は浮気などしてないようです」

私は周りにいる者たちのことを、信じ切っていた。

クレヴァーナのことをよく思っていなかったとしても、間違っても冤罪など行うとは思ってもいなかった。

ただ離縁させたいだけならば、私に一言助言すればいいだけだったのだ。冤罪などなくても
……不仲などが原因でも離縁はできるのだから。もしかしたら私がクレヴァーナと関わらないようにしていても少しは気にしていたことを周りは悟っていたからだろうか。

だから……決定打を打ちたかったのかもしれない。

でもそんな理由で罪を捏造するなど、あっていいことではない。

「……私が、間違っていたのだな」

私が、間違っていたのだ。

ラウレータはあれだけクレヴァーナを慕っていて、クレヴァーナは実際に問題行動を起こしていなかった。

それでも悪評が流されているから、周りから注意するように言われているからと実際のクレヴァーナを見なかったのは私自身だった。

公爵家を継いだばかりで余裕がないだとか、実際にそういう悪評が流されていたからとか、そういうのは理由にならない。……結局私は楽な方へと、周りが言うまま流されていたのかもしれない。

「クレヴァーナは今、どうしていますか……」

私は震える声でそう問いかける。

「クレヴァーナ様はあなたの耳にも入っていると思いますが、『王弟の愛する知識の花』として大活躍をされています。クレヴァーナ様は魔術を使う能力がなくても、素晴らしい頭脳を持ち合わせていたようです。その知識を使って、彼女はスラファー国や周辺諸国の助けになり、文化を発展させたりと素晴らしい功績を収めています。それにスラファー国では勲章までもらっているようですよ。そしてクレヴァーナ様からその知識を授けられた者たちは『クレヴァーナの花びら』と呼ばれているようですよ」

文官の言葉を私はただ聞いている。

「その『花びら』たちは……ロージュン国には足を踏み入れません。それは全て、クレヴァーナ様に対して我が国がひどい扱いをしていたから。悪評を放置しつづけ、彼女が『花びら』として活躍し始めてからも、悪評を流す者が多かった。だから、『知識の花』もその『花びら』たちも、この国には足を踏み入れない。そのことで我が国の立場は悪くなっています」

文官の言葉に、私の顔はきっとますます青ざめているだろう。

……クレヴァーナに不当な真似をしていた存在の一番は、そもそもの悪評を流し続けたシンフォイガ公爵家だろう。だからといってシンフォイガ公爵家だけを責めるわけにもいかない。

私自身の責任も大きい。私がもっと周りの手綱を上手く握れていれば、また違ったはずなのだ。それを行わなかった怠慢が、今の結果につながっている。

確かにクレヴァーナとその周りが周辺諸国にまで影響を与えているのならば、その影響下にない我が国の評判が下がるのも当然と言える。

クレヴァーナはそれだけ……国内外に影響を与える存在になってしまったということなのだろう。

「……それで陛下はどんなふうにするつもりなのですか」

「クレヴァーナ様がカウディオ殿下と共に、我が国を訪れる予定とのことです。そこで話をすると」

クレヴァーナが、この国を訪れる。

……私は謝罪をしたいと思った。

けれど、私なんかが会いに行くのをクレヴァーナは嫌がるだろうか。そんな考えが頭をよぎる。

「クレヴァーナ様は娘であるラウレータ様と会いたいとおっしゃっているようです。そしてウェグセンダ公爵様と会うことも構わないと。なので今から言う日付で王城まで来てくださいますか？」

それは拒否権のない提案である。

この言い方だと王家からしてみれば、クレヴァーナの機嫌を損ねたくないはずだ。元々断るつもりもなかったが、私が拒否することがあればますます状況が悪化するだけだろう。

それからまずはキーリネッラにクレヴァーナのことを話した。

キーリネッラは周りから散々クレヴァーナのことを聞いていたのもあって、王家の文官の言葉を伝えると驚いた顔をしていた。そして顔を青ざめさせていたのは、クレヴァーナのことを勘違いしてしまっていたことに心を痛めているからだろう。

「ラウレータのことは絶対にクレヴァーナ様に会わせましょう。ずっと悪評によって苦しみ、そして娘にも会えないなんてかわいそうです！」

そんな風に口にしていた。

「かわいそうとは違う気はするが……私もラウレータが望めばだが、会わせるつもりではある」

仮にラウレータが拒絶したなら、考えようと思っていた。

だけど、そんな心配は杞憂《きゆう》だった。

私とキーリネッラの話を聞いていたらしいラウレータが飛び込んできたのだ。

「お母様に会えるの!?」

そう言って目を輝かせているラウレータは、全く嫌がっているようには見えなかった。

それに加えて、これまで見たことがないような年相応な表情をしていた。

……私の前では見せない表情に驚いた。

ラウレータにクレヴァーナが会いたがっていることを言うと、喜んでいた。


そうしてクレヴァーナに会うために私たちは王城へと向かった。


「お母様っ!!」

ラウレータはそれからクレヴァーナの姿を見た瞬間に飛びついた。そして大泣きしていた。

クレヴァーナに会いたかったとそう言って、わんわんと泣く。

その様子を見ていると、私は……ラウレータのことも正しく理解できていなかったのだなと実感した。

ラウレータはもしかしたらずっと無理をしていたのかもしれない。クレヴァーナのことをずっと慕っていたのに、それを隠していたのかもしれない。……そしてそれはきっと私や周りがクレヴァーナに対する悪感情を抱いていることを知っていたからだろう。

ラウレータは聡明で、だからこその行動だったのだろうかと思うと胸が痛んだ。

私は本当にクレヴァーナのことも、ラウレータのこともきっと分かっていなかったのだ。自分の信じたいものだけを信じてしまい、それで結局……ラウレータがこんな風に悲しむことになったのだ。

だから私はクレヴァーナがラウレータを引き取りたいと言った時に、それを受け入れた。キーリネッラは折角仲良くなったラウレータを手放すことに思うところはあったようだが、私が説得をした。

それからクレヴァーナとラウレータが隣国へと向かうまでの間、ゆっくり会話を交わした。

私がクレヴァーナとこうして向き合い、話し合うのは初めてのことだった。そして話してみた結果、本当に私はクレヴァーナのことを何も理解できていなかったのだと、それを改めて実感した。

……もっと最初から、色眼鏡で見ることがなければ。噂などは関係ないと、周りから何を言われようが自分の妻だからと喋っていたならば――また違っただろう。

クレヴァーナは本当に変わった。

雰囲気ががらりと変わり、生き生きとしている様子だった。

私は……きっとクレヴァーナを今のように美しく咲かせることはできなかっただろうなと思う。

例えクレヴァーナとの関係が婚姻関係の最中に良好になっていたとしても、クレヴァーナは『知識の花』と呼ばれるほどの活躍はきっとしなかっただろう。

クレヴァーナはきっといろんなものが積み重なって、そしてカウディオ殿下と出会えたからこそ『知識の花』として芽吹いたのだと思った。

……噂されているように、クレヴァーナはカウディオ殿下に愛を注ぎ込まれ、その隣だからこそ才能が開花し、これだけの活躍を見せているのだと思う。

そう思うと、少しだけなんとも言えない気持ちになった。でもクレヴァーナが生き生きとして輝いていて、ラウレータが嬉しそうにしているから、それは喜ばしいことだった。

それから2人はカウディオ殿下と共にスラファー国へと飛び立っていった。

「……私はクレヴァーナ様のことを勝手にかわいそうな人だと思っていました。いくら知識があっても女性の身で、きっと苦労していてか弱い方なんだって。でもそうじゃなかった。自分が恥ずかしいです……。以前はクレヴァーナ様のことを悪女だと信じ切って、今はクレヴァーナ様のことをかわいそうと思い込んで……。これから公爵夫人として生きていく上で、もっと周りを見なければと思いました」

キーリネッラは2人が去って行ったあと、そんなことを言っていた。

……私も実際にクレヴァーナの様子を見るまでは、『知識の花』と呼ばれ、周りから評判を散々聞いていたとしても、それでもあんな風だとは思っていなかった。

「キーリネッラ。ウェグセンダ公爵家はこれから大変になる。クレヴァーナに対しての真実が広まれば広まるほどその立場は悪くなるだろう。その際に、君にも迷惑をかけることになる……」

クレヴァーナに対する扱いやウェグセンダ公爵家が行ってしまったことは、キーリネッラには関係がない話だ。

キーリネッラがこちらに嫁いでくる前の話なのだ。だから……私はキーリネッラを手放した方がいいのではないかと少し悩んだ。

だけど、そんな感情はキーリネッラにはバレバレだったようだ。

「私はあなたが何を言おうと、妻として隣にいるつもりです。これから大変になるとは思いますが、それでもデグミアン様に嫁ぐと決めたのは私ですから」

キーリネッラがそう言ってくれて、私は本当に感謝した。

キーリネッラとこれから生まれてくる子供のためにも、私はまずは周りで好き勝手していた者たちをどうにかしなければいけないとそう考えるのだった。

◆◇◆◇◆

「デグミアン様、何を読んでいらっしゃるのですか？」

「クレヴァーナに関する記事だよ」

キーリネッラから問いかけられ、私はそう言いながら新聞を見せる。

キーリネッラはにこにこしながら、「相変わらずクレヴァーナ様はすごいですね」と告げる。

その後ろには屋敷に仕えている執事や侍女たちの姿がある。彼らも笑みを浮かべている。

昔ならばクレヴァーナの話題が出た段階で、周りの雰囲気はそれはもう悪くなっていただろう。

今がこうなのは……改めて調査をして問題行動を起こしていた者を解雇し、新しく人を雇ったからである。

クレヴァーナに対して冤罪をかけた者や、偽りの噂を広め続けた者に関しては解雇せざるを得なかった。それに対して私のために行ったのに、どうしてと嘆く者が多かった。

私が昔からの知り合いだからと、彼らを信用しきっていたこともこの状況に至った原因だろう。

いくら親しい仲だったとしても、彼らが私に良くしてくれていたとしても――もっと客観的に物事を判断すべきだったのだ。

私はそれらを怠っていた。自分が当主の座を継いで大変だからと、それらに関して時間を割くことをしなかった。

それが問題だったのだ。

クレヴァーナが『知識の花』として活躍しなければ私は……彼らがさらなる問題を起こすまで、そのままにしていただろう。

それを考えると、ぞっとする。

……今回の件で、そういう問題行動を起こしている者たちをどうにかすることができたのは本当によかったと思っている。

国内における私たちへの風当たりは強い。

私が上手くやれば、『知識の花』がこの国で活躍するはずだったのにと。

そんなわけはない。だけど周りはそれを理解しないから、クレヴァーナが我が国にいないことへのいら立ちをウェグセンダ公爵家に向けている。

それに関しては大変だが、まだクレヴァーナが時折ラウレータをこちらに連れてきて、関係性は悪くないと示してくれているから十分楽な方だ。

……クレヴァーナは私や我が国のことを許さなくてもよかった。それだけの対応を彼女はされてきて、ずっと苦労していた。

なのにクレヴァーナは私たちのことを許してくれた。というよりも話した限り、私たちに怒りを向けるよりも知識を活用していくことの方が大切なようだった。

クレヴァーナが私たちを破滅に追いやることを望むのならば、いくらでもできるはずだ。でもそれをしなかったのは、クレヴァーナの性格によるものだ。本当にそうならなくてよかったと安堵してならない。

「クレヴァーナ様がこれだけ頑張っているのですから、私たちも頑張らないといけませんね」

キーリネッラがそう言って笑う。

こういう状況でキーリネッラが持ち前の明るさを失わずにいてくれているから、救われている面もある。

一人で全ての対応をしていかなければならなかったのならば、気分が沈んでいたことだろう。

「ああ。そうだな」

ウェグセンダ公爵家はこれからも大変だろう。

クレヴァーナがいくら許してくれているとはいえ、ウェグセンダ公爵家がクレヴァーナにしてしまったことは変わらない。

産まれたばかりの息子も、これから先、その話を聞いて苦労することもあるかもしれない。

私はできる限りキーリネッラと息子を守っていけるように、大きくなった息子の苦労を少しでも減らせるように——ただ行動を続けるだけである。

それから『知識の花』と噂されるクレヴァーナの働きに触発されながら、ウェグセンダ公爵家は発展していくことになるのだった。

番外編　『花びら』たちによる報告会

「ではこれより、報告会を始めます。何か、報告のある者は挙手をするように」

私、クラセリアはそう言って、その場に集まった人々を見渡す。

場所はスラファー国の王都に存在する一つの建物の中。ここは私たち『花びら』内で資金を募って購入した拠点の一つである。

基本的にこの建物内で、私たち――『王弟の愛する知識の花』と呼ばれるクレヴァーナ様から知識を授けられた『クレヴァーナの花びら』たちの報告会が定期的に行われている。

「私からの報告は、他国での水不足の問題ですが、クレヴァーナ様の知識をお借りし解決することができました。水源を生み出す魔物を利用するなど思いつきもしませんでした」

一人の報告はこうだった。

魔物と一口に言っても危険性のない存在もいる。クレヴァーナ様は、それらの魔物を利用することを提案したそうだ。正直、どういった生態の魔物であるかなど危険な存在以外はあまり気に留めたりしない。それに生態を知っていたとしても、それを何かに利用することを思いつかなかったりする。

クレヴァーナ様は、そういう部分も頭が回る人だ。

「俺からの報告は南部で起きていた窃盗事件についてです。こちらはまだ未解決状態ですが、捜査を進めていくうちに捕縛の目途はついているとのこと」

一人の報告はこうだった。

クレヴァーナ様や私たち『花びら』の元には本当に様々な用件が舞い込んでくる。それだけクレヴァーナ様が幅広く活躍をしたという証だろう。クレヴァーナ様や私たちならそのような問題であろうとも解決できると、そう思っているのだと思う。こちらに関してはクレヴァーナ様の力を借りずに解決ができそうだ。

それからも私たちに舞い込んできた依頼に関する報告を聞く。

今のところ、滞っているものは少ないようだ。

私たち、『花びら』の評判はクレヴァーナ様の評判にもつながっていくのだ。私たちは、クレヴァーナ様に迷惑をかけるような真似は絶対にしたくない。だからこそ私たちは繊細な注意を払って行動をするようにしている。

それにしても本当にクレヴァーナ様の働きには毎度毎度驚かせられる。なんというか、クレヴァーナ様には底が見えない。

クレヴァーナ様は国を揺るがす大きな出来事も、ちょっとした小さな出来事も――冷静に行動を起こす。そういう部分もクレヴァーナ様のすごさだと思う。

問題を解決できるだけの知識量を持ち合わせているからというのもあるだろうけれど、ああいう肝が据わっているのはクレヴァーナ様の持ち合わせている気質なのだろう。

私が同じように知識を持ち合わせていて、記憶力があったとしても――あんな風に『知識の花』と呼ばれるだけの結果を出せているのはクレヴァーナ様だからに他ならない。

私自身はクレヴァーナ様のことを最初は、こんなにすごい人だとは思わなかった。

言語についてのことはカウディオ殿下が保証していたが、それ以外の部分もこれだけ素晴らしいなんてっ……と本当に尊敬の念しかない。

クレヴァーナ様から教授を受けるほど、本当にそのすごさを実感する。

私は基本的に言語を学び、外交や教師としての役割で活躍している。他の『花びら』たちだって全般的にというより、専門的な知識を元に活躍していることが多い。だけど……クレヴァーナ様は一人で全てを網羅《もうら》している。

それに同性の私の目から見ても美しい人で、カウディオ殿下と並ぶと本当に絵になるのよね。

「ではこれで、業務に関する報告は終わりです。では次は最近のクレヴァーナ様の話をしましょう」

それぞれの仕事に関する報告が終われば、クレヴァーナ様に関する話へと移り変わる。

「クレヴァーナ様はラウレータ様と一緒に私の店に買い物に来てくださったの！　ラウレータ様が嬉しそうにしておられて、とてもよかったわ」

衣裳店を経営している一人が嬉しそうにそう語る。

「この前、仕事の相談でクレヴァーナ様の元へ訪れたのだけど、その際にカウディオ殿下と話していらっしゃったの。クレヴァーナ様はカウディオ殿下と話されている時はとても可愛らしいわよね」

外交官として私と同じように、周辺諸国を飛び回っている一人はそう語る。

「俺はクレヴァーナ様の素晴らしさを広めるべく、人物画の新たな制作依頼を出している。クレヴァーナ様の新しい絵が楽しみだ」

画家との伝手《つて》を持つ一人は、そんなことを語る。

ちなみにクレヴァーナ様に関する絵とか、道具とかは結構出回っている。私たち『花びら』が関わっているものは正規のもので、クレヴァーナ様ご自身に許可を得て、その利益の一部をクレヴァーナ様に献上している形である。たまに非正規のものがあるが、それらはきちんと取り締まっているの。

クレヴァーナ様はお忙しい方なので、そのあたりの細かい部分は私たちが請け負っていたりする。

あと『花びら』で制作した絵や道具などに関しては、私は全て揃えているわ！

「そういえば、クレヴァーナ様の『花びら』を語っていた不届き者に関しては捕縛して、事情聴取を行いました。ああいう者たちが現れるのは本当に困ったものです」

私の耳にそんな言葉が入ってくる。

「本当に嘆かわしいことです。私たちのように直接クレヴァーナ様から教えを受けているのならともかくとして、クレヴァーナ様にお会いしたこともないのに、そのような虚言を言うなんて」

私は憤らずにはいられない。

クレヴァーナ様が有名になればなるほど、その名を利用しようとする不届き者が出てくる。『クレヴァーナの花びら』とは、私たちのように直接クレヴァーナ様から教えを受けた者の名称であって、それ以外が語っていいものではないのだ。

私たちは偽物の『花びら』たちへの対策として、私たち独自で証として髪飾りや腕輪などを身につけている。これらはクレヴァーナ様が『知識の花』と呼ばれていることにちなんで、花にまつわるものである。そこには『花びら』であることと、ナンバリングがしてある。

私は1番だ。

サンヒェルとどちらが1番になるかに関しては、他の『花びら』作成の問題を解くという勝負をして決めた。私が勝利をしたのだ。サンヒェルは悔しそうな顔をしていた。彼は2番である。

それから私たちは『花びら』を名乗る者たちに対する情報共有をしたあと、解散した。基本的に仕事の報告よりもクレヴァーナ様に関することを話すことに、私たちは3分の2ほどの時間を費やしている。

あとがき

こんにちは、池中織奈と申します。今回は『公爵夫人に相応しくないと離縁された私の話。』をお手に取っていただきありがとうございます。

本作は「小説家になろう」に掲載していたものを加筆修正したものになります。書き下ろしの番外編も執筆しましたので楽しんでいただけたら嬉しいです。

最近、継母の物語を度々見るため、前妻側の話を書こうと書き始めた物語になります。

クレヴァーナは魔術が使えないというそれだけの理由で、蔑ろにされていた女性である。その状況が当たり前で、状況を変えることも考えなかったクレヴァーナは離縁され、外の世界を知ったことをきっかけに世界へと羽ばたいていきます。

人によるとは思いますが、ちょっとしたきっかけで人生の転換期を迎えるというのは現実でも起こりうることだろうなと思いながら、楽しく書きました。

クレヴァーナは他でもない自分のために、自分自身を証明していきます。自分の力で立ち上がり、未来をつかみ取っていくクレヴァーナのことを気に入っていただけたら嬉しいです。

最後に、こうして形になるまで支えてくださった全ての皆さまに感謝の言葉を述べたいと思います。ＷＥＢ版を読んでくださっている読者様、本当にありがとうございます。本作を形にするにあたりお世話になった担当様、登場人物たちの姿を描いてくださったRAHWIA先生、出版に至るまでに協力してくださった全ての皆様へ感謝の気持ちしかありません。
　この本を購入してくださった皆様も、本当にありがとうございます。これからも皆様の心を動かせるような物語を書き続けるように頑張ります。

池中織奈

次世代型コンテンツポータルサイト

ツギクル https://www.tugikuru.jp/

「ツギクル」はWeb発クリエイターの活躍が珍しくなくなった流れを背景に、作家などを目指すクリエイターに最新のIT技術による環境を提供し、Web上での創作活動を支援するサービスです。

作品を投稿あるいは登録することで、アクセス数などの人気指標がランキングで表示されるほか、作品の構成要素、特徴、類似作品情報、文章の読みやすさなど、AIを活用した作品分析を行うことができます。

今後も登録作品からの書籍化を行っていく予定です。

ツギクルAI分析結果

「公爵夫人に相応しくないと離縁された私の話。」のジャンル構成は、ファンタジーに続いて、恋愛、歴史・時代、SF、ホラー、ミステリー、現代文学、青春の順番に要素が多い結果となりました。

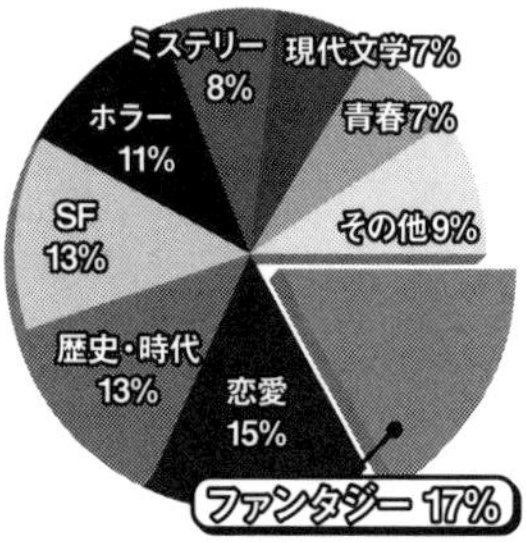

期間限定SS配信

「公爵夫人に相応しくないと離縁された私の話。」

右記のQRコードを読み込むと、「公爵夫人に相応しくないと離縁された私の話。」のスペシャルストーリーを楽しむことができます。ぜひアクセスしてください。

キャンペーン期間は2025年4月10日までとなっております。

異世界に
転移したら山の中だった。
反動で強さよりも快適さを選びました。
1〜14
著 じゃがバター
イラスト 岩崎美奈子
カクヨム
書籍化作品
「カクヨム」総合ランキング
累計1位
獲得の人気作
(2022/4/1時点)
2025年春、
最新15巻発売予定!
勇者には極力
近づきません!
「コミック アース・スター」で
コミカライズ
好評連載中!
花火の場所取りをしている最中、突然、神による勇者召喚に巻き込まれ異世界に転移してしまった迅。巻き込まれた代償として、神から複数のチートスキルと家などのアイテムをもらう。目指すは、一緒に召喚された姉(勇者)とかかわることなく、安全で快適な生活を送ること。果たして迅は、精霊や魔物が跋扈する異世界で快適な生活を満喫できるのか——。
精霊たちとまったり生活を満喫する異世界ファンタジー、開幕!
1巻:定価1,320円(本体1,200円+税10%) 978-4-8156-0573-5
2巻:定価1,320円(本体1,200円+税10%) 978-4-8156-0599-5
3巻:定価1,320円(本体1,200円+税10%) 978-4-8156-0694-7
4巻:定価1,320円(本体1,200円+税10%) 978-4-8156-0846-0
5巻:定価1,320円(本体1,200円+税10%) 978-4-8156-0866-8
6巻:定価1,320円(本体1,200円+税10%) 978-4-8156-1307-5
7巻:定価1,320円(本体1,200円+税10%) 978-4-8156-1308-2
8巻:定価1,320円(本体1,200円+税10%) 978-4-8156-1568-0
9巻:定価1,320円(本体1,200円+税10%) 978-4-8156-1569-7
10巻:定価1,320円(本体1,200円+税10%) 978-4-8156-1852-0
11巻:定価1,320円(本体1,200円+税10%) 978-4-8156-1853-7
12巻:定価1,320円(本体1,200円+税10%) 978-4-8156-2304-3
13巻:定価1,430円(本体1,300円+税10%) 978-4-8156-2305-0
14巻:定価1,430円(本体1,300円+税10%) 978-4-8156-2966-3
「カクヨム」は株式会社KADOKAWAの登録商標です。
ツギクルブックス
https://books.tugikuru.jp/

転生幼女は教育したい！
～前世の知識で、異世界の社会常識を変えることにしました～
1～2
Ryoko　イラスト フェルネモ
5歳児だけど、
“魔法の真実”に気づいちゃった！
規格外な幼女が
異世界大改革!?
バイクに乗って旅をするかっこいい女性に憧れた女の子は、入念な旅の準備をしました。外国語を習い、太極拳を習い、バイクの免許をとり、茶道まで習い、貯めたお金を持って念願の旅に出ます。そして、辿り着いたのは、なぜか異世界。え、赤ちゃんになってる!?　言語チートは!?　魔力チートは!?
まわりの貴族の視線、怖いんですけど!!　言語と魔法を勉強して、側近も育てなきゃ……
まずは学校をつくって、領地を発展させて、
とにかく自分の立場を安定させます!!
前世で学んだ知識を駆使して、
異世界を変えていく転生幼女の物語、開幕です！
定価1,430円（本体1,300円＋税10%）　ISBN978-4-8156-2634-1
ツギクルブックス
https://books.tugikuru.jp/

悪役令嬢に転生した母は
子育て改革をいたします
~結婚はうんざりなので
王太子殿下は聖女様に差し上げますね~
Tubling
イラスト ノズ
前世の子育てスキルで
「かわいい子どもたちを守ります!
目指せ! 自由気ままな
異世界子育てライフ

ダンジョンキャンパーズ
著：蒼見雛
イラスト：Aito
～世界で唯一、冥層を征く男は配信で晒された～
一人隠れて探索していたのに、うっかり身バレ！
ダンジョン最奥でキャンプする謎の男、現る！
異端の冒険者、世界に混乱を配信する！
コミカライズ企画進行中！
冥層。それは、攻略不可能とされたダンジョン最奥の階層。強力なモンスターだけでなく、人の生存を許さない理不尽な環境が長らく冒険者の攻略を阻んできた。
ダンジョン下層を探索していた配信者南玲は、運悪くモンスターによって冥層に飛ばされ遭難。絶望の中森を彷徨っていたところ、誰もいないはずの冥層でログハウスとそこでキャンプをしていた青年白木湊に出会う。
これは、特殊な環境に適応する術を身に着けた異端のダンジョンキャンパーと最強の舞姫が世界に配信する、未知と興奮の物語である。
定価1,430円（本体1,300円＋税10%）　978-4-8156-2808-6
ツギクルブックス
https://books.tugikuru.jp/

ちったい俺の
巻き込まれ
異世界生活
1〜7
著 ぬー
イラスト こよいみつき
2025年2月、
最新8巻発売予定！
異世界転生したら幼児になっちゃいました!?
「がうがうモンスター＋」にて好評連載中！
ちったい俺でも
異世界を楽しんでいい？
巻き込まれ事故で死亡したおっさんは、幼児ケータとして
異世界に転生する。聖女と一緒に降臨したということで保
護されることになるが、第三王子にかけられた呪いを解く
など、幼児ながらに次々とトラブルを解決していく。
みんなに可愛がられながらも異才を発揮するケータだが、
ある日、驚きの正体が判明する――
ゆるゆると自由気ままな生活を満喫する幼児の異世界ファンタジーが、今はじまる！
1巻：定価1,320円（本体1,200円＋税10%）978-4-8156-1557-4
2巻：定価1,320円（本体1,200円＋税10%）978-4-8156-1558-1
3巻：定価1,320円（本体1,200円＋税10%）978-4-8156-1918-3
4巻：定価1,320円（本体1,200円＋税10%）978-4-8156-2155-1
5巻：定価1,320円（本体1,200円＋税10%）978-4-8156-2322-7
6巻：定価1,430円（本体1,300円＋税10%）978-4-8156-2323-4
7巻：定価1,320円（本体1,200円＋税10%）978-4-8156-2800-0
ツギクルブックス
https://books.tugikuru.jp/

2024年12月、
最新18巻
発売予定！
もふもふを
知らなかったら
人生の半分は無駄
にしていた
1～17
著／ひつじのはね
イラスト／戸部淑
冒険あり、癒しあり、笑いあり、涙あり
もふもふたちに囲まれた
異世界スローライフ！
魂の修復のために異世界に転生したユータ。異世界で再スタートすると、
ユータの素直で可愛らしい様子に周りの大人たちはメロメロ。おまけに妖精たちがやってきて、
魔法を教えてもらえることに。いろんなチートを身につけて、目指せ最強への道？？
いえいえ、目指すはもふもふたちと過ごす、穏やかで厳しい田舎ライフです！
転生少年ともふもふが織りなす
異世界ファンタジー、開幕！
1巻：定価1,320円（本体1,200円+税10%）978-4-8156-0334-2
2巻：定価1,320円（本体1,200円+税10%）978-4-8156-0351-9
3巻：定価1,320円（本体1,200円+税10%）978-4-8156-0357-1
4巻：定価1,320円（本体1,200円+税10%）978-4-8156-0584-1
5巻：定価1,320円（本体1,200円+税10%）978-4-8156-0585-8
6巻：定価1,320円（本体1,200円+税10%）978-4-8156-0696-1
7巻：定価1,320円（本体1,200円+税10%）978-4-8156-0845-3
8巻：定価1,320円（本体1,200円+税10%）978-4-8156-0864-4
9巻：定価1,320円（本体1,200円+税10%）978-4-8156-1065-4
10巻：定価1,320円（本体1,200円+税10%）978-4-8156-1066-1
11巻：定価1,320円（本体1,200円+税10%）978-4-8156-1570-3
12巻：定価1,320円（本体1,200円+税10%）978-4-8156-1571-0
13巻：定価1,320円（本体1,200円+税10%）978-4-8156-1819-3
14巻：定価1,320円（本体1,200円+税10%）978-4-8156-1985-5
15巻：定価1,320円（本体1,200円+税10%）978-4-8156-2269-5
16巻：定価1,320円（本体1,200円+税10%）978-4-8156-2270-1
17巻：定価1,540円（本体1,400円+税10%）978-4-8156-2785-0
ツギクルブックス
https://books.tugikuru.jp/

リーチェには同い年の婚約者がいる。婚約者であるハーキンはアシェット侯爵家の次男で、眉目秀麗・頭脳明晰の絵に書いたような素敵な男性。リーチェにも優しく、リーチェの家族にも礼儀正しく朗らか。友人や学友には羨ましがられ、例え政略結婚だとしても良い家庭を築いていこうとリーチェはそう考えていた。なのに……。ある日、庭園でこっそり体を寄せ合う自分の婚約者ハーキンと病弱な妹リリアの姿を目撃してしまった。

婚約者を妹に奪われた主人公の奮闘記がいま開幕!

定価1,430円（本体1,300円＋税10%） ISBN978-4-8156-2776-8

ツギクルブックス https://books.tugikuru.jp/

S級勇者は退職したい！
橋本秋葉
イラスト 憂目さと
誰もが認める王国最強パーティーの有能指揮官は
自分が真の勇者であると気がつかない！
コミカライズ企画進行中！

異世界で海暮らしを始めました
~万能船のおかげで快適な生活が実現できています~
著 ラチム
イラスト riritto
絶対に沈まない豪華装備の船でレッツゴー!
異世界で海上スローライフを満喫!
コミカライズ企画進行中!

田舎から出てきた私・シンシアは、結婚相手を探すために王都の夜会に参加していました。そんな中、突如として行われた王女殿下による婚約破棄。婚約破棄をつきつけられた公爵令息テオドール様を助ける人は誰もいません。ちょっと、誰か彼を助けてあげてくださいよ！　仕方がないので勇気をふりしぼって私が助けることに。テオドール様から話を聞けば、公爵家でも冷遇されているそうで。

あのえっと、もしよければ、一緒に私の田舎に来ますか？　何もないところですが……。

定価1,430円（本体1,300円＋税10%）　ISBN978-4-8156-2633-4

ツギクルブックス

愛読者アンケートに回答してカバーイラストをダウンロード！


愛読者アンケートや本書に関するご意見、池中織奈先生、RAHWIA先生へのファンレターは、下記のURLまたは右のQRコードよりアクセスしてください。

アンケートにご回答いただくとカバーイラストの画像データがダウンロードできますので、壁紙などでご使用ください。

https://books.tugikuru.jp/q/202410/koushakufujin.html

本書は、「小説家になろう」（https://syosetu.com/）に掲載された作品を加筆・改稿のうえ書籍化したものです。

公爵《こうしゃく》夫人《ふじん》に相応《ふさわ》しくないと離縁《りえん》された私《わたし》の話《はなし》。

2024年10月25日　初版第1刷発行

著者　池中織奈《いけなかおりな》

発行人　宇草 亮
発行所　ツギクル株式会社
〒105-0001　東京都港区虎ノ門2-2-1
発売元　SBクリエイティブ株式会社
〒105-0001　東京都港区虎ノ門2-2-1

イラスト　RAHWIA
装丁　株式会社エストール

印刷・製本　中央精版印刷株式会社

ISBN978-4-8156-2965-6
Printed in Japan